Mats Wahl

Emma und Daniel

Mats Wahl

Emma und Daniel

Aus dem Schwedischen
von Angelika Kutsch

Carl Hanser Verlag

Die Originalausgabe erschien 1996 unter dem Titel
Emma och Daniel: Mötet
bei Bonnier Carlsen in Stockholm

Die Schreibweise in diesem Buch entspricht
den Regeln der neuen Rechtschreibung.

2 3 4 5 01 00 99 98 97

ISBN 3-446-19081-3

Umschlag: Günter Mattei, München
Satz: Satz für Satz. Barbara Reischmann, Leutkirch
Druck und Bindung:
Franz Spiegel Buch GmbH, Ulm
Printed in Germany

1

Der Fluss.

Du kannst ihn hören, das Brausen.

Die Birken.

Der Wind zerrt am Laub, ein Ast schlägt gegen die Fensterscheibe.

Jetzt bist du da, bei dem Mädchen mit den langen blonden Haaren und dem Mann mit den großen Händen. Das Mädchen ist etwa zwölf, der Mann ist ihr Vater. Sie hat rote Backen und Tränen in den Augen vor Zorn.

Sie steht vor ihm und schreit ihm ihre Wut ins Gesicht. Draußen fließt der Fluss, breit und schwer.

Das Brausen.

Der Regen ist zu hören und der Ast der Birke, der gegen die Fensterscheibe schlägt, und das Mädchen, das dem Mann ins Gesicht schreit:

»Warum kommen sie? Was haben sie hier zu suchen?«

»Ich hab sie eingeladen«, antwortet der Mann mit den großen Händen.

»Du hättest mich doch erst mal fragen können«, ruft das Mädchen, und Tränen rollen ihr über die roten Backen. »Du hättest mich wenigstens fragen können!«

»Ich hab wohl einen Fehler gemacht«, sagt der Mann, nimmt den Topf von der Gasflamme und gießt Wasser in die Tasse des Mädchens.

»Ich will nichts.«

»Sie bleiben vielleicht eine Woche. So lange kannst du nicht hungern.«

Das Mädchen mit den blonden Haaren schnieft und wischt sich die Tränen ab. Dann nimmt sie ein Haarband aus der Tasche und bindet die Haare zu einem Pferdeschwanz hoch. Als sie fertig ist, setzt sie sich an den Tisch. Der Mann lässt sich gegenüber auf den Stuhl sinken. Das Mädchen bläst über den Kakao in der Tasse, rührt mit dem Löffel darin herum und schaut den Mann an.

»Am schönsten ist es, wenn wir nur zu zweit sind.«

»Das wird aber einsam auf Dauer.«

Das Mädchen bläst wieder über den Kakao und nippt.

»Vielleicht will ich einsam sein?«

Der Mann schweigt, sieht aus dem Fenster und rührt in seiner Kaffeetasse.

Vor dem Fenster kleinwüchsiger, verkrüppelter Birkenwald. Die Zweige schaukeln im Wind, der Regen schlägt gegen die Fensterscheibe, und das Regenwasser rinnt schräg über das Glas. Hinter dem Birkenwald sind die Berge, eingehüllt in Regen und niedrige Wolken.

Jetzt trinkt das Mädchen von dem heißen Kakao und kriegt einen braunen Bart auf der Oberlippe.

»Wie kommen sie her?«

»Sie fliegen.«

»Von Stockholm?«

Der Mann nickt, geht zum Herd und dreht das Gas ab. Dann stellt er das Radio an, und danach sitzen der Mann mit den großen Händen und das Mädchen mit den blonden Haaren da, schauen einander an und lauschen dem Wetterbericht.

Als der Wetterbericht zu Ende ist, schaltet der Mann das Radio aus und guckt wieder aus dem Fenster.

»Kannst du mir mal Zöpfe flechten?«, sagt das Mädchen.

Der Mann nickt und sieht sie an. Sie beißt sich auf die Lippe.

»Ich wünschte, Mama wär jetzt hier«, sagt das Mädchen.

Als sie es sagt, bekommt der Mann Tränen in die Augen. Sie sitzen da und schauen sich an, und nach einer Weile steht das Mädchen auf und geht um den Tisch, setzt sich dem Mann auf den Schoß, er flicht ihre langen Haare mit seinen großen Händen, und draußen vor dem Fenster gehen der Wind und der Regen durch den Birkenwald.

2

Du kannst es hören.

Das Klicken.

Du stehst in der Diele der großen Wohnung.

Das Brausen von der Straße.

Das Klicken aus dem hintersten Zimmer.

Der Duft nach Scheuerseife, ein Reflex auf dem blanken Parkett.

Und dann die Frauenstimme:

»Beeil dich, Daniel.«

Das Klicken aus dem Zimmer, das seins ist, er, der Daniel heißt.

»Komm jetzt, das Taxi wartet.«

Die Frau geht zur Wohnungstür. Dort stehen zwei Rucksäcke. Die Frau trägt Jeans, Pullover und derbe Stiefel.

»Daniel!«

Die Frau seufzt und hebt den größeren Rucksack auf, Daniel kommt aus seinem Zimmer. Unter dem Arm trägt er den Laptop.

»Was hast du gesagt, wie heißt es?«

»Långvattnet. Jetzt komm.«

Der Junge nimmt den kleineren Rucksack, und die Frau hilft, ihn auf seinen Rücken zu hieven. Dann gehen sie hinaus, die Frau schließt zweimal ab, und sie nehmen den Lift nach unten.

»Und er hat eine Tochter, die so alt ist wie ich?«

»Sie heißt Emma und lebt allein mit ihrem Vater. Die Einzigen, die zu ihnen kommen, sind Männer, die angeln wollen. Sie freut sich bestimmt, dass du kommst. Ein bisschen Gesellschaft ist sicher lustig.«

»Hoffentlich denken die nicht, ich will angeln«, sagt der Junge, als der Lift im Erdgeschoss hält.

»Du kannst tun, was du willst«, sagt die Frau, die

die Mutter des Jungen ist. Sie gehen hinaus auf die Straße, geben dem Fahrer das Gepäck und setzen sich ins Taxi.

Der Junge hält seinen Computer fest im Arm.

»Arlanda, Flughafen«, sagt die Frau zum Fahrer, und das Auto beginnt zu rollen. Obwohl es noch früh am Morgen ist, ist es warm, zwei Straßenarbeiter tragen kurze orangefarbene Hosen, ihre Oberkörper sind braun gebrannt.

»Warum müssen wir da eigentlich hin?«, fragt der Junge, der Daniel heißt.

Seine Mutter sieht ihn an und streicht ihm eine Haarsträhne aus der Stirn. Er fragt noch einmal.

»Er scheint nett zu sein«, sagt die Frau.

»Wie heißt er?«

»Anders.«

»Wie Papa?«

»Ja, genau wie Papa.«

3

Der Mann mit den großen Händen und das Mädchen, das Emma heißt, kommen aus dem kleinen Haus im Birkenwald. Sie tragen grüne Regenumhänge und gehen nebeneinander zum Fluss. Bei jedem Schritt wird das Brausen des Flusses stärker.

Das unablässige Brausen.

Spritzer und schäumendes Wasser der Stromschnellen.

Vor ihnen her laufen die Hunde. Es sind zwei. Huskys.

Der Mann und das Mädchen stehen nebeneinander beim Boot.

Der weiße Schaum!

Das Boot hat die Form einer Erbsenschote. Achtern ist der Außenbordmotor angebracht. Die Hunde springen ins Boot.

Der Mann schiebt es in den Fluss, und das Mädchen steigt ein.

Der Mann schiebt das Boot noch ein Stück weiter und springt dann selber hinein.

Die Strömung erfasst das Boot.

Wie im Frühling ein Streichholz im Rinnstein, wie ein Haar im Wirbel über dem Abfluss eines Waschbeckens.

Der Schaum und das Brausen. Der Regen in ihren Gesichtern.

Das nasse Fell der Hunde, die sich an das Mädchen drängen.

Die grauen Berge hinter dem Birkenwald.

Der Mann reißt den Motor an und dreht das Boot, dass der Bug stromaufwärts zeigt. Das Boot kommt gut voran und kämpft gegen die Strömung an. Das Mädchen, das Emma heißt, sitzt im Bug und sieht nach vorn. Der Mann mit den großen Händen steuert zum anderen Ufer hinüber, nach einer Weile sind sie da.

Der Mann zieht das Boot an Land und vertäut es an einem Birkenstamm. Dann gehen das Mädchen, das Emma heißt, und der Mann, der Anders heißt, zur Landstraße hinauf. Die ganze Zeit schlägt ihnen der Regen ins Gesicht. Sie sprechen nicht miteinander, sie gehen nur, das Mädchen voran und der Mann dahinter. Die Hunde laufen nebenher.

Nach einer Weile erreichen sie die Landstraße. Dort steht ein roter Jeep. Der Mann öffnet die Tür für die Hunde, sie springen hinein und schütteln sich. Der Mann und das Mädchen ziehen die Regenumhänge aus, werfen sie auf den Rücksitz. Dann steigen sie ein, der Mann startet das Auto und fährt los. Emma dreht das Seitenfenster herunter.

»Sie soll aber nicht meine Mama werden.«

»Natürlich wird sie nicht deine Mama.«

»Und wenn ihr heiratet?«

»Sie wird trotzdem nicht deine Mama.«

»Was wird sie dann? Wenn ihr heiratet?«

»Meine Frau. Aber wir heiraten nicht. Jedenfalls nicht jetzt. Wir kennen uns doch noch kaum. Wir haben uns erst einmal getroffen.«

»Wer hat die Anzeige aufgegeben?«

»Ich.«

»Und dann habt ihr euch in Stockholm getroffen?«

»Ja.«

»Du bist verrückt.«

Das Mädchen wringt das Wasser aus ihrem Haar und legt eine Hand auf die des Mannes. »Fühl mal, wie kalt.«

Sie lässt ihre Hand auf der des Mannes liegen. Er hat beide Hände am Steuer. Das Mädchen stellt das Autoradio an. Der Mann beginnt zu singen.

»Du singst falsch«, sagt das Mädchen. »Wie heißt sie?«

»Sara.«

»Sara, Sara, entschwind in die Sahara ...«, singt das Mädchen. Der Mann lacht.

»Was macht sie?«, fragt das Mädchen.

»Sie ist Ärztin.«

»Dann kriegt sie hier oben aber keine Arbeit.«

»Warum nicht?«

»Es gibt schon einen Arzt. Und der ist nett.«

Und das Mädchen singt wieder: »Sara, Sara, entschwind in die Sahara.«

»Wie heißt der Junge?«

»Daniel.«

»Hoffentlich angelt er gern«, sagt Emma. Ihre Hand liegt immer noch auf seiner, er sieht sie an und lächelt.

Sie ist aber ernst. »Versprich mir, dass ihr nicht heiratet.«

Er schweigt eine Weile und schaltet in einen niedrigeren Gang, dann überholt er einen Laster, der Holz geladen hat. Während sie ihn überholen, dringt ein Duft nach Harz durch das halb offene Fenster. Als das Mädchen den Duft wahrnimmt, hört es für einen Augenblick das Geräusch eines anderen Holzlasters, eines Lasters an einem anderen Ort bei einer anderen Gelegenheit. Das Mädchen stemmt den Rücken gegen die Lehne, dann sind die Erinnerungsbilder fort.

»Das kann ich nicht versprechen«, sagt ihr Vater. »Aber wenn wir heiraten, dann nicht in diesem Jahr.«

»Gut«, sagt das Mädchen und trommelt mit den Fingern auf seine Jeansschenkel. »Ihr müsst euch ja auch erst mal kennen lernen?«

»Ja«, sagt der Mann mit den großen Händen.

Das Mädchen trommelt weiter.

»Man heiratet schließlich nicht, bevor man sich richtig kennt, oder?«

»Genau«, sagt der Mann.

»Vielleicht ist sie ja überhaupt nicht nett«, sagt das Mädchen und sieht fast froh aus, als ob ihm plötzlich etwas eingefallen wäre, woran es vorher nicht gedacht hat.

»Sie scheint nett zu sein«, sagt der Mann, schaltet wieder herunter und überholt noch einen Holzlaster.

4

Der Junge, der Daniel heißt, und seine Mama, die Sara heißt, kommen gerade aus dem Flugzeug, gehen die Treppe hinunter und treten in eine Wasserpfütze auf dem Asphalt. Der Regen schlägt ihnen ins Gesicht, und bevor sie das Flugplatzgebäude erreichen, sind ihre Haare und Schultern nass. Drinnen stehen der Mann mit den großen Händen und das Mädchen mit den blonden, langen Haaren. Sie stehen dicht beieinander, und das Mädchen hält den Mann an der Hand. Als er die Frau entdeckt, lässt er die Hand des Mädchens los und geht auf Sara zu. Für einen Augenblick sieht es so aus, als ob er sie umarmen will, aber dann lässt er es und nimmt nur ihre Hand. Hinter ihm steht Emma und kämmt mit den Fingern ihr langes, feuchtes Haar. Sie hat die Flechten aufgelöst.

Der Mann begrüßt den Jungen.

»Das ist Daniel«, sagt Sara und schaut Emma an, die ein Stück entfernt steht und ihre Haare mit den Fingern kämmt.

»Und das ist Emma«, sagt der Mann und zeigt auf sie.

»Hallo«, sagt Emma.

Daniel drückt den Laptop gegen seine Brust und nickt. Sara geht zu Emma und streckt eine Hand aus.

»Ich heiß Sara.«

Emma und Sara begrüßen sich.

»Ihr habt doch sicher Gepäck«, sagt Anders und geht zum Transportband. Dort bleibt er stehen und wartet. Sara geht zu ihm und stellt sich daneben. Emma kämmt ihre langen Haare mit den Fingern und sieht Daniel an.

»Was hast du da?«

Er senkt den Blick und betrachtet das, was er an die Brust gepresst hält.

»Meinen Computer.«

»Wozu brauchst du den denn?«

»Ich löse Probleme.«

»Was für Probleme?«

»Verschiedene Probleme.«

»Macht das Spaß?«

»Ja.«

Das Mädchen holt ein grünes Haarband aus der Tasche und bindet ihr langes Haar zu einem Schwanz hoch. Dann macht sie eine Schleife. Sie geht zu Daniel und klopft mit dem Fingernagel gegen den Computer, den er an seine Brust drückt. Daniels Gesicht ist immer noch nass nach dem Weg vom Flugzeug zum Flugplatzgebäude.

»Der Computer braucht doch wahrscheinlich Strom?«

»Ja.«

Das Mädchen, das Emma heißt, legt den Kopf schief und schaut den Jungen an. »Das wird ein Problem.«

»Wie?«

»Mit dem Computer.«

»Warum?«

»Wir haben keinen Strom.«

»Wie bitte?«

»Bei uns gibt es keine Elektrizität.«

»Waas?«

Das Mädchen schüttelt den Kopf. »Wir haben Petroleum. Aber damit funktioniert der wohl nicht. Der da.«

Und sie klopft mit dem Fingernagel gegen den Computer, den der Junge an seine Brust drückt. Hinter Daniel beginnt das Transportband zu laufen, herein kommen regennasse Koffer und Rucksäcke.

5

Anders sitzt am Steuer, Sara neben ihm. Hinter Anders sitzt Emma, hinter Sara Daniel, der seinen Computer an sich gedrückt hält, und die Scheibenwischer gleiten über die Windschutzscheibe.

»Seid ihr allein dort?«, fragt Sara.

»Im Augenblick haben wir vier Gäste. Freitag kommen noch vier.«

»Warum habt ihr keine Elektrizität?«, fragt Daniel.

Anders dreht ein wenig den Kopf und begegnet für einen Moment Daniels Blick.

»Wir wohnen hier nur im Sommer. Das ist keine feste Wohnung. Nur ein Anglercamp. Die Leute kommen zum Angeln. Die Unterbringung ist einfach. Meistens bleiben sie eine Woche. Wer hierher kommt, angelt rund um die Uhr. Eigentlich braucht niemand Strom. Wir kommen auch ohne gut klar.«

»Hast du gewusst, dass sie keinen Strom haben?«, fragt Daniel, und Sara dreht sich auf ihrem Sitz um und schaut ihn an.

»Ich hab natürlich gedacht, sie haben welchen. Sonst ist es ja so.«

»Vielleicht willst du jetzt wieder nach Hause?« Emma sieht Daniel an. Er gibt keine Antwort.

Hinter Emma und Daniel hecheln die Hunde. Sie haben ihre Schnauzen nah am Drahtgeflecht, das den Laderaum des Jeeps vom vorderen Teil des Fahrzeugs trennt.

»Bei uns kann man Lachsforellen angeln, das ist wirklich ungewöhnlich«, sagt Anders.

»Ich mag nicht angeln«, antwortet Daniel. »Habt ihr Bücher?«

Anders schaltet herunter und überholt einen Laster, der Holz geladen hat.

»Nicht viele. Liest du gern?«

»Ja.«

»Ihr müsst ja auch mal einkaufen fahren«, sagt Sara. »Dann können wir ein paar Bücher für Daniel besorgen. Außerdem reicht die Batterie im Computer sicher einige Stunden.«

Daniel gibt keine Antwort, Sara dreht den Kopf und sieht Emma an, die, gegen die Autotür gedrückt, hinter Anders sitzt.

»Was machst du denn so?«, fragt sie.

»Ich geh mit Papa, oder ich angle allein. Manchmal lese ich, aber nicht sehr viel. Letzte Woche hab ich ein

Stück von unserem Haus entfernt ein Zelt aufgebaut. Ich zeichne auch gern. Vögel.«

»Letzte Woche hatten wir mehrere Nächte hintereinander Frost«, sagt Anders.

»Nimmst du denn nie jemanden hier mit her?« Sara schaut Emma weiter an.

»Früher schon.«

»Im letzten Sommer?«

»Als Mama noch lebte.«

Da dreht Sara sich um und setzt sich zurecht und guckt nach vorn. Eine ganze Weile sagt sie nichts, die Scheibenwischer gleiten hin und her auf der Windschutzscheibe.

»Ist deine Mama tot?«, fragt Daniel.

»Ja.«

»Schon lange?«

»Zwei Jahre.«

Die Scheibenwischer schlagen, das Auto fährt mitten auf der Straße, und nach einer Weile schaut Emma aus dem Fenster.

»Hier«, sagt Emma, »hier ist sie gestorben.«

Sie zeigt auf einige Kiefern am Straßenrand und sagt dann nichts mehr, bis Sara sich umdreht und Emma ansieht.

»Du musst deine Mutter sehr vermissen.«

»Papa vermisst sie auch. Wir vermissen sie beide.«

Und dann sagt niemand mehr etwas, bis sie zum Fluss kommen. Sie steigen aus dem Auto, Emma und Anders ziehen ihre grünen Regenumhänge an,

Sara holt einen roten Regenmantel für sich und einen blauen für Daniel hervor. Daniel steckt seinen Computer in den Rucksack, dann gehen alle vier zum Fluss. Anders und Sara gehen voran, hinter ihnen Daniel, und Emma folgt ein ganzes Stück entfernt. Sie wirft für die Hunde Stöckchen, und als sie alle beim Boot stehen, zeigt Anders auf die andere Seite.

»Dahinten«, sagt er, »hinter der Landzunge.«

Sara schaut über den Fluss.

Das Brausen.

Der weiße Schaum.

Sie guckt Anders an. »Wo sind die Schwimmwesten?«

Anders sieht verlegen aus. »Die sind neulich weggeschwommen.«

»Ich war das«, sagt Emma. »Ich hab sie ans Ufer gelegt, aber dann ist Hochwasser gekommen, und der Fluss hat sie mitgenommen.«

6

»Wir haben noch mehr Westen im Geräteschuppen. Ich fahr rüber und hol sie«, sagt Anders.

Emma steigt ins Boot. »Ich komm mit.«

»Solltest du nicht lieber hier bleiben?«, fragt Sara.

»Ich fahr mit Papa mit.«

Die Hunde springen ins Boot und setzen sich neben Emma.

Und Anders schiebt das Boot hinaus, die Strömung packt das Heck und dreht das Boot so, dass es längsseits zum Ufer liegt. Anders geht zum Heck, schiebt es hinaus und springt hinein, als ihm das Wasser bis zum Stiefelrand reicht. Am Ufer stehen Sara und Daniel. Sie haben ihre Rucksäcke abgelegt und schauen dem Boot nach. Es macht gute Fahrt hinüber zur anderen Seite und verschwindet hinter der Landzunge. Es regnet die ganze Zeit, Sara streicht sich das nasse Haar aus dem Gesicht. Sie schaut über den Fluss und hinauf zu den Bergen.

Daniel tritt nach einem Stein, der ins Wasser fliegt.

»Warum hast du mir nicht gesagt, dass es keinen Strom gibt?«

»Ich hab's doch nicht gewusst.«

»Du hast gewusst, dass ich nicht mitgekommen wär, wenn du's gesagt hättest.«

»Ehrenwort. Ich hab's nicht gewusst. Ich hab nicht mal daran gedacht.«

»Sie scheint blöd zu sein.«

»Emma?«

»Legt die Schwimmwesten ans Ufer, dass der Fluss sie mitnehmen kann. Wirklich blöd.«

»Jeder kann doch mal was falsch machen.«

»Ich weiß. Ich hab gerade was falsch gemacht. Ich hätte lieber mit Papa nach Sandhamn fahren sollen.«

Daniel hebt einen Stein auf und wirft ihn in den

Fluss. Der Stein hüpft auf der Wasseroberfläche und verschwindet.

»Was machen die hier?«

»Es ist ein Anglercamp.«

Daniel hebt noch einen Stein auf und wirft ihn in den Fluss.

»Er scheint auch ein bisschen unterbelichtet zu sein. Er hätte doch wohl an die Schwimmwesten denken müssen. Wie kann er seine Tochter in ein Boot setzen und dann rausfahren, wenn das Wasser so aussieht.«

Daniel zeigt auf den Fluss.

Das Brausen.

Das weiß schäumende Wasser.

»Das wird die sinnloseste Woche meines Lebens. Ich hab nichts mit ihr gemeinsam. Nichts!«

Daniel und Sara stehen da. Sie schauen über den Fluss und zum Birkenwald auf der anderen Seite. Ihre Blicke suchen sich durch den Regen. Sie sehen die Berge weit entfernt, groß, dunkel, eingehüllt in Regenböen und niedrige Wolken.

»Bei gutem Wetter ist es bestimmt sehr schön hier«, sagt Sara. Daniel hebt noch einen Stein auf und wirft ihn ins Wasser.

»Er hat was von Nachtfrost gesagt. In Sandhamn hat das Wasser achtzehn Grad.«

»Gib der Gegend doch wenigstens eine Chance.«

Daniels Stimme wird schrill, er dreht sich zu seiner Mutter um.

»Eine Chance! Was für eine Chance? Was gibt's

denn hier, das mich interessieren könnte? Nichts. Das wird die sinnloseste Woche meines Lebens! Und du hast mich hergelockt!«

»Ich habe dich nicht gelockt.«

»Du hast nicht erzählt, wie es hier ist. Wenn du gesagt hättest, dass sie keinen Strom haben, wenn du mir erzählt hättest, dass sie nur …«

Er verstummt.

Sie stehen da und schauen über das schäumende weiße Wasser.

Hinter der Landzunge taucht das erbsenschotenförmige Boot auf. Es kommt in schneller Fahrt auf die Stelle zu, wo Sara und Daniel warten. Emma und Anders tragen jetzt rote Schwimmwesten, Emmas ist viel zu groß. Dann steigen Sara und Daniel ins Boot und legen sich Westen an, Anders stößt das Boot mit einem Ruder ab, reißt den Motor an und steuert aufs andere Flussufer zu.

7

Als sie auf der anderen Seite ankommen, ziehen sie das Boot an Land, und alle fassen mit an. Emma und Anders auf der einen Seite, Sara und Daniel auf der anderen. Während sie beim Boot stehen und die Schwimmwesten ausziehen, taucht ein anderes Boot auf dem Fluss auf. Es fährt gegen die Strömung nah am Ufer. Es ist eine Erbsenschote wie Anders' Boot, aus geteertem dunklem Holz. Im Heck sitzt zusammengekauert ein alter Mann, die Steuerpinne des Außenbordmotors in der Hand.

Er steuert aufs Land zu und springt behende ins seichte Wasser. Er trägt Stiefel, die ihm bis zu den Oberschenkeln reichen, verschlissene dunkelbraune Lederhosen, eine knallgelbe Regenjacke und einen Südwester, der einmal blau gewesen sein muss, jetzt ist er fast weiß. Der Alte ist nicht viel größer als Daniel. Er raucht Pfeife, und als er das Boot an einem Birkenstamm vertäut hat, begrüßt er Anders.

»Ich sehe, du hast vornehmen Besuch.«

Der Alte richtet seine dunklen, blinzelnden Augen auf Sara und dann auf Daniel.

»Und Emma ist auch schon aufgestanden.«

»Hallo, Isak. Wollen wir los?«

»Sobald das richtige Wetter ist.«

»Morgen?«

»Vielleicht.«

Der runzlige kleine Mann mit den munteren Augen schaut Sara an. »Aha, und du wirst also seine neue Frau?«

Sara lacht. »Das glaub ich nicht.«

»Doch, doch. Dann darfst du hier oben wohnen. Das ist doch schön?«

Und der Mann, der Isak genannt wird, nimmt die Pfeife aus dem Mund und zeigt auf den niedrigen Birkenwald und die Berge dahinter.

»Es ist bestimmt schön, wenn es nicht regnet«, sagt Sara.

»Am schönsten ist es an einem Apriltag im Sonnenlicht. Wenn du das einmal gesehen hast, willst du hier nie wieder weg.«

Isak schüttelt den Kopf und schiebt den Südwester in den Nacken. Dann streckt er die Hand aus, in der er die Pfeife nicht hält. »Ich heiße Isak.«

»Sara.«

Danach begrüßt er Daniel, trotz des Regens hat der Alte einen trockenen, warmen Händedruck, und als er Daniel Pfeifenrauch ins Gesicht bläst, zwinkert er und lächelt ein bisschen. »Du bist ein Stadtjunge, was?«

»Ja«, antwortet Daniel.

»Es ist gut, dass du hergekommen bist. Einmal ist der König hier gewesen. Der alte König natürlich. Der Großvater von dem, den wir jetzt haben. Er ist da oben auf dem Oberen See gelandet. Das war neunzehnhunderteinundfünfzig. Er ist überall herumgefahren. Sogar hierher ist er gekommen. Er hatte gute Augen.«

»Möchtest du einen Kaffee?«, fragt Anders.

»Danke, ich glaube nicht. Ich habe übrigens zwei Schwimmwesten gefunden. Das sind doch wahrscheinlich eure. Ich hab sie zu Hause und bring sie mal mit. Sie sind auf meiner Landzunge an Land getrieben.«

»Prima!«, sagt Emma. »Ich hab sie verloren.«

»Hier oben geht nichts verloren. Entweder bleibt es liegen, wo es liegt, oder das Wasser nimmt es mit. Hier oben findet man alles wieder, was man verloren hat.

Dieses Messer hab ich im Winter neunzehnhundertsechzig verloren.« Der runzlige kleine Mann mit dem plierenden Blick fingert an einer Messerscheide, die an seinem Gürtel unter der Regenjacke hängt.

»Zwei Jahre später hab ich es wieder gefunden. Es lag an einer Stelle, wo ich Rebhuhnschlingen auslege. Da war es. Alles kommt wieder.«

Der Alte schaut Daniel an, aber der wendet den Blick ab. Dann tätschelt er Emma den Kopf, löst die Leine und schiebt das Boot ins Wasser.

»Wenn das Wetter gut wird, fahr ich nach Ovansjö.«

»Dann komm ich mit!«, ruft Emma ihm nach. »Dann komm ich mit!«

8

»Am besten, ich zeig euch gleich alles«, sagt Anders, als Isak in der Flussbiegung verschwindet.

Er geht voran, die anderen drei folgen ihm, und zuletzt kommen die Hunde. Sie gehen ein Stück flussabwärts. Dort stehen zwei kleine Häuser. Aus dem Schornstein des einen Hauses steigt Rauch.

»Hier wohnen die Touristen. In jedem Haus gibt es acht Betten. Manche zelten lieber. Wenn alles belegt ist, haben wir sechzehn Gäste in den Häusern und fünf, sechs Zelter. Mehr als zwanzig bis fünfundzwanzig gleichzeitig nehmen wir nicht auf. Man muss hier oben ein bisschen Ruhe finden. Zu viele Leute dürfen es nicht sein. Manche wollen einen Führer haben, dann helfe ich ihnen. Manche sind Anfänger. Isak hilft auch manchmal. Er nimmt sie im Boot mit flussabwärts. Es kommen viele Deutsche hierher, die noch nie geangelt haben. Wir verkaufen ein bisschen kalte Verpflegung, der Laden ist vormittags geöffnet. Um den kümmert sich Emma.«

Sie stehen im Regen und betrachten die beiden kleinen Häuser, die wie unordentlich hineingeworfen im Birkenwald liegen. Vor ihnen der Fluss.

Das Brausen!

Das ständige Brausen des Flusses.

Anders dreht auf dem Absatz um und geht den anderen voran zurück zum Bootsplatz und dann hinauf zum Wohnhaus. Die Hunde folgen ihm.

Es ist ein kleines Haus. Es hat eine überdachte Veranda. Hinter der Haustür ist ein Vorraum. Anders öffnet die nächste Tür, die Wärme des Hauses schlägt ihnen entgegen. Sie betreten den großen Raum, der gleichzeitig die Küche ist.

»Tja«, sagt Anders und breitet die Arme aus. »So wohnen wir also. Dies ist die Stube, und dort sind die Schlafkammern. Das da ist Emmas Kammer, da darfst du schlafen.« Er zeigt auf Daniel.

»Und das ist meine Kammer, in der darfst du schlafen«, sagt er zu Sara.

»Wo schläfst du denn?«, fragt Emma.

»Auf dem Sofa hier in der Stube.«

Emma sieht Daniel an. Die Wut in ihrem Blick. Dann verlässt sie hastig das Haus und schlägt die Außentür mit einem Knall hinter sich zu.

Durch das Fenster, das auf die Berge schaut, können sie alle Emma in den Birkenwald gehen sehen. Darinnen schimmert zwischen weißen Stämmen und grünem Laub ein blaues Zelt.

»Ich glaub, sie ist sauer, was?«, sagt Sara.

»Das legt sich wieder. Jetzt werd ich backen.«

Anders zieht die Regenjacke aus. Daniel öffnet die Tür zu Emmas Zimmer und geht hinein. Links ist das Stockbett. Das untere Bett ist nicht bezogen. Auf dem oberen liegen Kissen mit schwarzen Bezügen, auf denen Sterne sind. Als Daniel neben dem Bett steht, kann er mit der rechten Hand fast die Wand hinter der Tür berühren. Ein Fenster am Fußende des Bettes. Eine niedrige Kommode zwischen Bett und Fensterwand. Eine Schreibplatte vor dem Fenster, Stifte in einem Glas, ein Block, Wasserfarben und ein Glas mit Pinseln und dunklem Wasser. Der Korbstuhl. Ein Bücherstapel unter dem Fenster. Ein Zeichenblock.

Daniel geht zum Fenster und schaut hinaus. Die Birken und der Regen, ein Stück vom Fluss. Er setzt den Rucksack ab und schnürt ihn auf, holt den Computer heraus und stellt ihn auf die Schreibplatte vorm Fenster. Dann öffnet er ihn und schaltet ihn ein. Eine Regenbö gegen die Scheibe. Er schreibt:

Die Batterie reicht zwei Stunden. Ich bin in der Hölle der Berge. Sie heißt Emma. Er heißt Anders.

Dann notiert er Tag und Datum, schaltet den Computer aus und klappt den Bildschirm herunter. Er steht auf und packt sein Bettlaken aus. Es ist blau. Er bezieht das untere Bett. Draußen in der Stube, die gleichzeitig Küche ist, hört er Sara und Anders:

»Wo kriegt man hier Wasser?«

»Hinter dem Haus ist ein Bach.«

»Und das Klo?«

»Am Pfad entlang Richtung Berge.«

»Und wenn man sich waschen will?«

»Unten bei den Baracken gibt es eine Sauna. Und Brennholz. Die Sauna wird jeden zweiten Tag angeheizt.«

»Und dann badet man im Fluss?«

»Ja.«

»Ist er kalt?«

»Kalt ist schön.«

Daniel hört Sara lachen.

»Dann soll ich also mit dir und fünfundzwanzig anderen Kerlen in die Sauna gehen?«

»In der Sauna ist Platz für sechs Kerle und ein kleines Mädchen, wenn man zusammenrückt. Aber ich kann die Sauna auch extra anheizen, wenn du allein drin sein willst. Ich häng ein Schild an die Tür: Heute Abend nur für Damen. Dann hast du deine Ruhe.«

»Und du isst meistens Fisch?«

»Lachsforellen, hin und wieder einen Saibling aus dem See, auch mal eine Äsche, außerdem Pfannkuchen mit Marmelade, das ist die Diät.«

»Und Gemüse?«

»Wir kaufen donnerstags ein. Die ganze Woche gibt's Weißkohlsalat. Emma backt Kuchen.«

»Klingt friedvoll.«

»Hier passiert nichts Aufregenderes, als dass mal ein Angeltourist eine kiloschwere Lachsforelle verliert, dann steht er mitten in der Nacht da und flucht eine Weile. Sonst ist es still.«

»Und der Alte?«

»Isak? Der hat versprochen, Emma zum Oberen See mitzunehmen. Sie ziehen los, wenn das Wetter wieder besser wird. Emma freut sich schon den ganzen Sommer drauf. Sie wollten letzte Woche los, aber dann kamen Kälte und Regen.«

»Wie alt ist er?«

»Bald achtzig.«

»Er ist aus dem Boot gehüpft wie ein Junge.«

»Isak hat sein ganzes Leben am Fluss verbracht. Er hat oben in den Bergen in Schneewehen geschlafen, während ein Drei-Tage-Sturm vorbeizog, er hat sich mit der Motorsäge geschnitten und ist fünf Kilometer gerudert, und als er ankam, war das Boot voller Blut. Er hat überlebt, woran andere sterben.«

9

Als Daniel fertig ist, legt er sich aufs Bett und schaut den oberen Bettboden an. Er hört Sara und Anders in der Stube, die auch die Küche ist, und er schließt die Augen und schläft ein. Als er aufwacht, ist die Tür geschlossen, er hört weder Anders noch Sara, aber er riecht den Duft von frisch gebackenem Brot.

Daniel richtet sich auf, sieht sich um und hört das Geräusch vom Fluss.

Das Brausen.

Der Regen gegen die Fensterscheibe. Und er sieht sich um und erinnert sich, wo er ist. Dann steht er auf und geht zur Kommode neben der Schreibplatte. Er öffnet die oberste Schublade und mustert den Inhalt. Es liegen Strümpfe und Wollsocken, weiße Unterhöschen mit gelben Sternen, ein Nachthemd und eine karierte Bluse drin. Er schiebt die Schublade zu und zieht die darunter auf. Darin liegen ein roter Pullover und zwei Flanellhemden. Daniel zieht die unterste Schublade auf. Zwei Schachteln mit Puzzles und ein grauer Teddy ohne Ohren. Daniel schiebt die Schublade zu und untersucht den Bücherstapel auf der Schreibplatte. Er fingert sich durch den ganzen Stapel, findet aber nichts, was ihn interessiert. Er sieht sich um und stellt den Korbstuhl neben das Kopfende des Betts und steigt hinauf. Jetzt kann er auf Emmas Bett sehen. Es ist ungemacht, neben den Kissen liegen zwei Handpuppen. Sie sind verschlissen und schmutzig. Die eine ist gelb, die andere rot. Daniel zieht die Puppen über seine Hände und führt ihre Gesichter nah aneinander heran.

»Sie ist bekloppt«, lässt er die gelbe Puppe sagen.

»Aber Daniel«, sagt die andere, »so was darfst du nicht sagen. Denk dran, dass wir hier Gäste sind. Sie lassen uns in ihrem feinen Haus in einem feinen Anglercamp wohnen ...«

Das sagt er mit Piepsstimme, es soll Saras Stimme sein. Und als er gerade am meisten piepst, wird die Tür rasch aufgedrückt. Sie schlägt gegen den Stuhl, auf dem er steht, unten steht Emma.

»Was machst du?«

»Ich gucke.«

»Lass die Puppen in Ruhe.«

»Hier.«

Daniel zieht die Puppen von den Händen und reicht sie Emma. Sie nimmt sie entgegen, geht zur Kommode. Sie öffnet die zweite Schublade, und mit den Puppen und dem roten Pullover in den Händen geht sie hinaus. Daniel steht immer noch auf dem Stuhl, als Sara hereinschaut.

»Hast du geschlafen?«

»Ein bisschen.«

»Anders hat Brot gebacken. Wir essen gleich.«

»Wenn es bloß keinen Fisch gibt.«

»Klar gibt es Fisch, Lachsforelle, geräuchert. Mit Rührei.«

»Du weißt, dass ich keinen Fisch esse.«

»Doch, doch, manchmal isst du welchen.«

»Aber keinen mit Gräten.«

Sara senkt die Stimme. »Jetzt solltest du dich mal anstrengen und ein bisschen nett sein.«

Sie schaut ihn an, und er steigt vom Stuhl, als sie ihm den Rücken zukehrt und in die Stube geht, die auch Küche ist.

10

Sie liegt in dem blauen Zelt. Auf dem Boden hat sie ein Rentierfell ausgebreitet, darüber den Schlafsack. Sie hat die Kissen mit dem schwarzen Bezug und den gelben Sternen drauf geholt. Obwohl es spät ist, ist es noch so hell, dass sie unter dem doppelten Zelttuch zeichnen kann. Sie zeichnet ein Rebhuhn. Das Rebhuhn sitzt unter einer Birke und blinzelt. Emma malt der Birke noch einen Ast. Der Ast verbirgt einen Teil des Rebhuhns. Emma gibt dem Ast noch ein paar Zweige. Jetzt ist das Rebhuhn kaum mehr zu sehen, nur das Auge. Emma dreht das Blatt um und beginnt von vorn. Sie fängt mit den Bergen im Hintergrund an. Ein Pfad führt hinauf in die Berge. Sie zeichnet eine Sonne, die hinter den Bergen aufgeht.

Jetzt hört sie jemanden draußen vor dem Zelt.

»Bist du wach?«

Es ist Anders.

»Ja.«

»Was machst du?«

»Ich zeichne.«

Anders zieht den einen Reißverschluss runter, den andern zur Seite. Dann kniet er sich in das nasse Gras.

»Es hat aufgehört zu regnen.«

Emma gibt keine Antwort.

»Daniel schläft.«

»Was geht das mich an?«

»Es wäre doch ganz nett, wenn du dich mit ihm anfreunden würdest.«

»Ich mag ihn nicht.«

»Du kennst ihn doch gar nicht.«

»Ich will ihn auch gar nicht kennen.«

»Sie bleiben eine Woche.«

»Das ist mir egal. Wenn schönes Wetter wird, kommt Isak. Dann fahr ich mit ihm zum Oberen See.«

»Hast du mal dran gedacht, dass vielleicht Daniel auch mit will?«

»Der nicht. Der sehnt sich doch bloß nach zu Hause in die Stadt.«

»Woher weißt du das?«

»Das seh ich.«

»Dann willst du heute Nacht also hier schlafen?«

»Ja.«

»Ich geh mit Sara am Fluss entlang.«

»Wollt ihr angeln?«

»Heute Nacht nicht. Es ist zu kalt. Aber ich will ihr ein paar Stellen zeigen.«

»Unsere Stellen?«

»Du kannst ihr deine Stellen selber zeigen. Wenn du willst. Ich zeige ihr nur das, was ich den Touristen zeige.«

»Gut.«

Anders zieht die Reißverschlüsse zu. Als er sich aufgerichtet hat und weggehen will, ruft Emma etwas aus dem Zelt.

»Kannst du mir nicht eine Thermoskanne Kakao bringen?«

»Kann ich.«

Und der Mann mit den großen Händen geht ins Haus. Dort sitzt Sara vor dem offenen Kamin und schaut ins Feuer.

Als Anders zur Tür hereinkommt, dreht sie den Kopf. Die Tür zu Emmas Zimmer, in dem Daniel schläft, ist zu.

»Schläft sie?«

»Sie möchte Kakao. Ich mach ihr eine Thermoskanne.«

Sara beugt sich vor und nimmt ein Stück Holz. Sie behält es eine Weile in der Hand, dann legt sie es ins Feuer. Die Flammen lecken an der weißen Birkenrinde. Sie kräuselt sich und knistert.

Anders hat eine Gasflamme entzündet und mischt Trockenmilch und Kakaopulver in einem Topf.

»Sie bewundert Isak und möchte wie er sein. Für

sich selber sorgen können. In einer Schneewehe schlafen.«

Anders verrührt den Kakao mit Wasser und gießt ihn in eine Thermoskanne. Dann trägt er sie hinaus zum Zelt.

»Bist du wach?«

»Ja.«

Er öffnet die Zelttür und reicht die Thermoskanne hinein. Emma nimmt sie entgegen.

»Ich trink ihn später.«

Anders nickt. »Du vergisst doch nicht das Zähneputzen?«

»Nerv nicht.«

Anders schließt die Zelttür und geht zurück zum Haus, dort steht Sara in einem Pullover und einer grünen Windjacke auf der Veranda.

»Es hat aufgehört zu regnen«, sagt sie.

Sara und Anders gehen zum Fluss. Sie gehen am Boot vorbei, das an Land liegt, und zum Anglercamp. Aus den Schornsteinen fliegen Funken, und sie spüren den Rauchgeruch.

Oben im Zelt öffnet Emma die Tür. Sie kriecht hinaus und schließt die Tür hinter sich. Dann schleicht sie den Pfad entlang, und ohne sich zu zeigen, folgt sie Anders und Sara. Sie kauert sich hinter die Birkenbüsche und beobachtet ihren Vater, wie er neben Sara steht und über den Fluss zeigt. Emma folgt ihnen ein Stück flussabwärts, dann kehrt sie um und geht zum Wohnhaus. Sie öffnet die Haustür und betritt die

Stube. Drinnen ist es warm, sie öffnet die Tür zu ihrem Zimmer. Daniel schläft mit offenem Mund. Emma geht zur Schreibtischplatte, wo der Computer steht. Sie setzt sich auf den Stuhl, klappt ihn auf und schaltet den Computer ein. Sie liest, was Daniel geschrieben hat.

Dann schreibt sie:

Touristen wissen nichts.

Sie schaltet den Computer wieder aus, klappt ihn zu, steht auf und geht zur Tür, und als sie die Tür schließt, schaut sie in Daniels Gesicht. Dann geht sie zurück zum Zelt und kriecht in den Schlafsack, im Liegen schraubt sie den Becher von der Thermoskanne, dann trinkt sie ihren Kakao. Später stellt sie den leeren Becher vor das Zelt. Sie rutscht tiefer in den Schlafsack und zieht die Daunenhaube um den Kopf. Danach legt sie die Hände auf den Schlafsack. An den Händen hat sie die Handpuppen.

»Guck mal, Mama«, sagt die gelbe Puppe zur roten, »guck mal, was ich kann.« Die rote Handpuppe sagt mit tieferer Stimme: »Ich kann jetzt nicht gucken, Emma. Ich muss auf die Straße achten.« Aber die gelbe Puppe ist dickköpfig. »Guck doch mal, Mama, guck mich an!« Emma fängt an, die rote Puppe mit der gelben zu stoßen. Gleichzeitig macht sie wie ein Auto: »Brummbrumm, brummbrumm.«

Dann hört sie auf.

Sie steckt die Hände in den Schlafsack und scheint das Spiel mit den Puppen dort fortzusetzen, denn sie redet leise mit sich selbst, hin und wieder gibt sie Geräusche von sich wie ein Auto, und allmählich wird sie leiser und schließt die Augen, eine Weile später ist nur noch das Geräusch vom Fluss zu hören, das schwere Tosen der Stromschnellen und das windstille Schweigen der Berge.

Und die Nacht ist hell.

So hell.

11

Die Rentiere kommen von den Bergen.

Eins trägt eine Glocke an einem Lederband um den Hals. Es sind viele Kälber dabei, und die ganze Herde nähert sich durch den Birkenwald dem Haus. Der Fuchs bei der Abfalltonne hört sie und schleicht davon. Der Biber im Loch hört sie und schwimmt hinaus mitten in den Fluss, hin und wieder schlägt er klatschend mit dem Schwanz. Das klingt wie Schüsse. Die Rentiere streichen am Zelt vorbei, in dem Emma schläft, überqueren den Hof, und der Mann drinnen im Haus dreht sich im Schlaf um. Sara hört sie nicht. Daniel auch nicht.

Aber ein Stück flussabwärts wird der Alte wach, der Isak genannt wird. Er steht auf und geht in langer Unterhose und einem Flanellhemd auf den Hof und schaut zu den Bergen.

Nicht eine Wolke.

Er geht wieder hinein und setzt Kaffeewasser auf, dann zieht er sich an und setzt sich ans Fenster und schaut über den Fluss. Mit einem abgebrannten Streichholz kratzt er die Pfeife aus. Dann schaltet er das Radio ein und hört den ersten Wetterbericht des Morgens, und nachdem er den gehört hat, holt er die Netze und legt sie ins Vorschiff. Dann bereitet er Proviant vor, und als er den Rucksack zum Boot trägt, haben die Rentiere den Platz erreicht, wo er wohnt. Er hört die Glocke oben im Birkenwald und hält nach ihnen Ausschau, kann sie aber nicht sehen. Auf dem Weg zum Haus geht er zum Holzschuppen und bückt sich, um einen Arm voll Brennholz aufzuheben, aber als er sich bückt, verliert er das Gleichgewicht, fällt vornüber und bleibt liegen. Eine Weile liegt er ganz still, dann beginnen die Hände herumzutasten, und er richtet sich auf.

Die Glocke aus dem Birkenwald.

Das Brausen des Flusses.

Er stützt sich gegen die Schuppenwand und sieht auf das Holz, das er hat fallen lassen. Langsam bückt er sich und hebt ein Scheit auf, dann noch eins. In jeder Hand ein Holzscheit, geht er zurück zum Haus.

Jetzt kommen die Rentiere aus dem Birkenwald. Es sind mehr als hundert, und es sind viele Kälber, der Alte, der Isak heißt, hört sie aufs Haus zukommen, aber er hebt nicht den Blick.

Das Brausen des Flusses.

Er betritt das Haus und wirft das Holz vor den Herd, dann legt er sich aufs Bett. Er liegt auf dem Rücken und schaut zur Decke. Vor dem Haus stöbert die Rentierherde herum, ehe sie weiterzieht.

Das Läuten der Glocke verklingt im Wald.

Und er, der Isak heißt, richtet sich auf, schaut auf seine Hände. Dann steht er auf und packt weiter zusammen, was er mitnehmen will, jetzt, da er den Fluss hinauffahren will, zum Oberen See, der Ovansjö genannt wird.

12

Sie sitzen am Frühstückstisch, als Isak an die Tür klopft, sie öffnet und eintritt. Anders steht auf und bittet ihn, sich zu setzen, holt die Kaffeekanne und eine Tasse.

Emma reicht ihm das Brotmesser, er nimmt es und schneidet sich eine Scheibe Brot ab.

»Heut fahr ich rauf.«

»Dann komm ich mit«, sagt Emma.

Isak sieht Daniel an. »Und dein Freund?«

»Er kann machen, was er will«, sagt Emma, ohne Daniel anzusehen.

»Du kannst doch nicht einfach wegfahren, wo du jetzt endlich einmal Gesellschaft hast.«

»Ich will aber mit«, sagt Emma und kriegt rote Wangen.

»Das weiß ich, aber will Daniel nicht mit?«

Er, der Isak heißt, schaut Daniel an. »Willst du mitkommen?«

»Wohin?«, fragt Daniel.

»Den Fluss hinauf. Nach Ovansjö.«

»Ich weiß nicht. Dauert das lange?«

»Wenn wir gleich aufbrechen, sind wir in zwei Stunden da. Dann angeln wir. Mit Netzen. Das bringt viel Fisch. Wahrscheinlich bleiben wir zwei Nächte. Dann kommen wir mit einem Boot voll geräucherter Fische nach Hause.«

»Ich weiß nicht«, sagt Daniel.

»Das ist auch schwer zu entscheiden.« Isak nickt. »Jemand, der noch nie am Ovansjö gewesen ist, kann nicht wissen, wie es dort ist. Wir werden in dem Haus wohnen, in dem ich geboren wurde. Es ist nicht leicht zu entscheiden, ob man dort hin will. Aber jetzt wird das Wetter schön. Da muss man die Gelegenheit wahrnehmen. Jetzt beißt der Fisch dort oben an.«

»Ich komm auf jeden Fall mit«, sagt Emma.

Sara schaut Emma an. »Bist du schon mal da gewesen?«

»Nein. Papa fand, im letzten Sommer war ich noch zu klein.«

»Für Ovansjö ist man nie zu klein«, sagt Isak. »Ich selbst bin am Ovansjö so klein gewesen, wie man nur sein kann. Es ist alles gut gegangen.« Er sieht Emma an, dann Daniel, dann wieder Emma.

»Aber du kannst deinen Freund nicht allein lassen.«

»Was kann man da oben machen?«, fragt Daniel.

»Alles«, sagt Isak. »Man macht alles, was ein Mensch so tun kann.«

»Gibt es Strom?«

»Was?«

»Elektrizität. Gibt es die da?«

Isak seufzt. »Elektrizität hat es nie bis nach Ovansjö geschafft. Sie ist auf der anderen Seite geblieben und wäre wohl gern über den See gekommen, aber sie ist bei einigen Masten stehen geblieben, die man vom anderen Ufer kaum sehen kann.«

»Dann gibt es also keinen Strom?«

»Er interessiert sich nur für Computer«, sagt Emma.

»Ach, und was machst du damit?«

»Ich löse Probleme.«

»Das ist gut. Am Ovansjö hat es auch Probleme zu lösen gegeben. Mutter hat Zwillinge geboren. Das war ein kleines Problem, das kannst du mir glauben, am Ovansjö.«

»Er will nicht«, sagt Emma und schaut Daniel an. »Er sehnt sich nach Hause in die Stadt. Zu seiner Elektrizität.«

»Mutter hätte sicher auch gern Elektrizität gehabt. Das wollte sie. Aber der Strom blieb auf der anderen Seite des Sees.«

»Er hat Angst«, sagt Emma und sieht Daniel an, sie hat Tränen in den Augen.

»Nein«, sagt Daniel.

»Du hast doch Angst«, sagt Emma. »Das seh ich dir an.«

»Wie denn?«

»An allem, was du tust.«

»Du weißt doch gar nichts von mir.«

»Doch. Du hast Angst. Du traust dich nicht, zum Ovansjö zu fahren. Du musst zu Hause bei deiner Mama bleiben.«

»Hör mal …«, sagt Anders und sieht Emma an.

»Ich hab schon viele Male Angst gehabt«, sagt Isak.

»Ich hab keine Angst«, sagt Daniel.

»Er würde nicht mal nach Ovansjö fahren, wenn es Strom gäbe«, sagt Emma, »solche Angst hat er.«

»Hör jetzt auf!«, sagt Anders, und seiner Stimme ist anzumerken, dass er ärgerlich ist.

Daniel sieht seine Mutter an. Ihr Gesicht gibt nicht preis, was sie denkt.

Er räuspert sich, sucht Isaks Blick und begegnet ihm.

»Ich komme mit.«

13

Daniel wickelt den Computer in eine Plastiktüte, steckt einen Wollpullover ganz zuunterst in den Rucksack und legt den Computer obendrauf.

Sara kommt zur Tür herein, die zur Stube hin offen steht.

»Du brauchst nicht mitzufahren, wenn du nicht willst.«

»Ich will aber.«

»Du kannst es dir ja überlegen.«

»Nein.«

»Ich weiß, dass du keine Angst hast.«

»Das ist es nicht.«

»Was dann?«

»Ich kann genauso gut mitfahren wie hier bleiben. Beides ist gleich sinnlos.«

»Anders leiht dir einen Schlafsack, da sind Daunen drin«, sagt Sara. »Der Schlafsack hält dich warm, wenn es kalt wird.«

»Es scheint ja jetzt warm zu werden«, sagt Daniel und sieht aus dem Fenster. Draußen schimmert blauer Himmel.

»Leg im Boot immer die Schwimmweste an, versprich es mir.«

»Klar. Ich will doch nicht ertrinken in diesem Fluss.«

»Anders sagt, Isak ist der, den er selber mitnehmen

würde, wenn er hier oben etwas zu erledigen hätte, was ungewöhnlich oder gefährlich ist.«

»Wir unternehmen nichts Gefährliches. Wir fahren mit dem Boot zu dem Haus, in dem er geboren wurde. Wir legen Netze aus und räuchern Fisch. Ich hab schon mal Netze ausgelegt, mit Papa in Sandhamn. Da ist nichts dabei. Emma sucht nur Streit.«

»Versprich mir jedenfalls, dass du die Schwimmweste trägst. So ein Fluss ist nicht mit unsern Gewässern zu Hause zu vergleichen.«

Sara wirft einen Blick auf die Schreibplatte, wo vor einer Weile noch der Computer gestanden hat.

»Nimmst du den Computer mit?«

»Ja.«

»Vergiss die Regenjacke nicht.«

»Er isst hoffentlich nicht nur Fisch?«

»Anders gibt euch ein Stück geräuchertes Rentierfleisch mit.«

»Soll ich das essen?«

»Wenn du nicht lieber Fisch willst.«

»Kannst du nicht ein paar Eier kochen? Hart gekocht. Und hast du Kaviarpaste in der Tube? Dann werd ich schon satt.«

»Du kannst Pfannkuchen machen. Es gibt genügend Eier.«

»Leg eins in ein Marmeladenglas.«

»Vergiss bloß nicht die Regenjacke.«

Sara nimmt die Regenjacke vom Haken hinter der

Tür, faltet sie zusammen und reicht sie Daniel, der sie in den Rucksack steckt.

»Versprich mir, dass du nicht ohne Schwimmweste ins Boot steigst.«

»Das hast du jetzt dreimal gesagt. Glaubst du, ich bin blöd?«

»Ich weiß, dass du nicht blöd bist. Hoffentlich habt ihr Spaß.«

»Glaub ich nicht. Aber langweiliger als hier kann es auch nicht werden.«

14

Sie tragen das Gepäck zum Boot. Daniel trägt seinen Rucksack auf dem Rücken. Emma hat einen Schlafsack unterm Arm. In der Hand hält sie eine Wurfangel in einem Stoff-Futteral. Anders trägt Emmas Rucksack. Sara geht als Letzte. Die Hunde trotten hinterher.

Beim Boot sitzt Isak und raucht. Er ist im Hemd. Es ist schon heiß.

»Tja«, sagt er, »dann brechen wir also auf.«

Anders stellt die Proviantkiste auf den Bootsboden, und Emma legt den Schlafsack obendrauf, Daniel stellt seinen Rucksack daneben. Isak hat die hohen Stiefelschäfte bis unter die Knie heruntergekrempelt. Emma trägt eins ihrer Flanellhemden, Daniel eine grüne Jacke mit großen Taschen.

Emma und Daniel legen die Schwimmwesten an, die Isak mitgebracht hat.

»Dann los«, sagt Isak. »Übermorgen kommen wir wieder. Gegen Abend.«

Isak, Emma und Daniel schieben das Boot gemeinsam hinaus, Emma und Daniel springen hinein, Isak geht noch ein Stück ins Wasser und schiebt das Boot etwas weiter raus, dann springt er auch hinein und zieht am Seilzugstarter.

»Setzt euch ins Vorschiff«, sagt er. »Wenn das Heck zu tief liegt, schlägt die Schraube gegen die Steine.«

Er hat den Bug flussaufwärts gewendet und gibt Gas, als sie in die erste Stromschnelle kommen. Sie halten sich dicht unter Land am südlichen Ufer, draußen im Fluss schäumt weißes Wasser um einige große Felsen. Aber am Südufer ist das Wasser ruhig, und das Boot arbeitet sich flussaufwärts und verschwindet hinter der ersten Landzunge.

Am Ufer bleiben Anders und Sara zurück.

»Hoffentlich geht alles gut.«

»Du findest keinen andern, der so sicher ist in den Bergen wie Isak. Er hat schon alles erlebt. Seinen Erstgeborenen hat er selbst entbunden da oben am Tolmas.«

Anders zeigt hinauf in die Berge.

»Das hab ich nicht gemeint. Ich hab mehr dran gedacht, dass sie sich vielleicht nicht vertragen.«

»Die werden sich schon anfreunden. Wenn sie erst einmal eine Weile allein sind, finden sie zueinander.«

»Ich war ganz erstaunt, dass Daniel mitfahren will. Im letzten Sommer hatte er einen Segelunfall mit seinem Vater. Seitdem hat er Angst vor Wasser.«

»Was ist passiert?«

»Sie sind mit einer Jolle vor Sandhamn gesegelt, wurden von einem Motorboot gerammt und sind im Wasser gelandet. Niemand ist verletzt worden, aber seitdem will Daniel nicht mehr segeln. Ich glaub, deswegen wollte er mit mir kommen, statt zu seinem Vater zu fahren. Er weiß, dass der ihn wieder mit aufs Boot nehmen will. Damit er mit seiner Angst fertig wird. Deswegen ist er mit hierher gekommen. Und wieder in einem Boot gelandet.«

»Isak kennt jeden Stein im Fluss. Es passiert nichts, wenn er dabei ist. Auf dem Weg zum Oberen See gibt es vier kleine Stromschnellen. Keine davon ist schwierig.«

»Fährst du selbst manchmal rauf?«

»Nein. Man muss den Fluss kennen, sonst geht es nicht. Wenn man nicht weiß, wo die Steine sind, fährt man sich den Abscherbolzen kaputt. Ich hab es vor einigen Jahren versucht, bin aber nur bis zur zweiten Stromschnelle gekommen. Dann ist die Schraube auf einen Felsen geschlagen, und ich musste die Ruder benutzen.«

»Und Isak fährt nie auf einen Stein?«

»Soweit ich weiß nicht. Es wird ihnen gut gehen da oben. Das Wetter scheint auch gut zu werden. Emma bringt Daniel bestimmt Angeln bei.«

»Das glaub ich nicht.«

»Wir werden ja sehen. Gegen Abend wird es auch hier unten bei uns schön. Dann zeig ich dir, wie man angelt.«

Anders bückt sich und hebt eine Libelle hoch, die auf dem Wasser treibt. Sie hat graubraune Flügel.

»Lachse fressen Libellen«, sagt Anders und zeigt sie Sara. »Das wird ein Superangelwetter heute Abend, dann fängst du deinen ersten Lachs.«

»Das glaub ich nicht«, sagt Sara lachend.

»Doch«, sagt Anders. »Heute Nacht fängst du deinen ersten Lachs.«

15

Rauschen und schäumendes Wasser.

»Die hier heißt Stromschnelle der Fische!«, ruft Isak und sieht Daniel an, der neben Emma auf der Ducht sitzt. Emma und Daniel sitzen Isak zugewandt. Hinter ihnen beruhigt sich das Wasser, und die Wasseroberfläche wird blank wie Seide. Das Rauschen der Stromschnellen nimmt ab, und Isak erhöht die Geschwindigkeit.

Die Kinder vermeiden es, einander anzusehen.

Manchmal steuert Isak so nah am Ufer entlang, dass Birkenbüsche an der Bootswand entlangstreifen. Manchmal fährt er mitten auf dem Fluss. Die ganze Zeit kaut er am Pfeifenstiel. Die Pfeife ist erloschen.

Dann zeigt er. Geradewegs in den Himmel.

Emma und Daniel legen die Köpfe in den Nacken und schauen in das wolkenlose Blau hinauf. Dort oben segelt ein Raubvogel auf ausgebreiteten, gefransten Schwingen.

Für einen Augenblick begegnen sich Emmas und Daniels Blicke.

Aber Isak schaut schon wieder auf den Fluss. Hier strömt er schwer und blank. Das Brausen der Stromschnelle ist nicht mehr zu hören, nur das Geknatter des kleinen Motors.

Isak zeigt auf eine Lichtung an Land.

Er ruft, um den Motor zu übertönen.

»Hier hat mein Vater einen Bären geschossen!«

Als Daniel zur Lichtung guckt, begegnet er Emmas Blick. Dann spähen beide in das grüne Dunkel des Laubs nach einem Bären, der hier vor sechzig Jahren gestorben ist.

»Dort oben gibt es Multebeermoore!« Isak zeigt zur Bergseite.

Emma sieht Daniel an.

»Magst du Multebeeren?«

»Weiß nicht.«

»Das weißt du nicht?«

»Ich hab noch nie Multebeeren gegessen.«

»Wir haben ein Glas dabei für Pfannkuchen. Wenn du willst. Heute Abend.«

Der Fluss macht eine Biegung, und bald zeigt der Bug des erbsenschotenförmigen Boots nach Norden.

Emma und Daniel scheint die Sonne ins Gesicht, sie blinzeln zu Isak auf der Heckducht. Sie können sein Gesicht kaum erkennen. Es löst sich auf und fließt hinter dem Boot her, wie Rauch liegt es auf der Heckwelle.

»Und wie viel Multebeeren man so in seinem Leben gepflückt hat!«, ruft Isak.

Nach einer Weile kräuselt sich die Wasseroberfläche, der Fluss wird schmaler, im Wasser tauchen Steine auf, hier und da schäumen weiße Wasserwirbel.

Isak zeigt über den Bug. »Die Kleine Stromschnelle!«, ruft er, und sie fahren schon hinein. Sie ist kürzer als die Stromschnelle der Fische, ein Augenblick nur, und sie sind durch, jetzt weitet sich der Fluss und wird zu einem See.

»Wie groß ist er?«, ruft Emma und zeigt zum anderen Ende, wo er wieder zum Fluss wird.

»Drei Kilometer«, antwortet Isak und erhöht die Geschwindigkeit. Jetzt fahren sie mitten über den See, und als sie die Flussmündung erreichen, sind die Berge näher gerückt. Sie liegen links am südlichen Ufer, ein hoher, steiler Felsen neigt sich über sie, als sie in die Flussmündung einfahren. Die Sonne verschwindet hinter dem Berg, auf dem Fluss liegt ein Schatten.

Isak zeigt auf einen schnellen Vogel mit spitzen Flügeln.

»Ein Falke.«

Hastig stößt der Vogel auf eine vertrocknete Kiefer nieder und bleibt am Rand zwischen Licht und Schatten sitzen.

Isak drosselt die Geschwindigkeit, hin und wieder richtet er sich halb auf und hält scharf Ausschau, er weicht Steinen und einem großen Felsbrocken aus, der sich von der Bergseite gelöst zu haben scheint und in den Fluss gefallen ist. Der Fluss teilt sich vor dem Felsblock. Oben auf dem Felsen hat eine kleine Birke Wurzeln geschlagen. Sie klammert sich da fest, ungeheuer knorrig.

»Die Birke dort«, ruft Isak, »hab ich zum ersten Mal gesehen, als ich fünf oder sechs Jahre alt war. Sie ist seitdem nicht größer geworden. Es ist nicht leicht, auf einem Felsen Wurzeln zu schlagen.«

Sie lassen den riesigen Felsblock hinter sich, und Emma und Daniel schauen am Bergsturz hoch. Dann treffen sich ihre Blicke ganz kurz.

Die dunkle Bergwand ist fast schwarz, ihr Schatten scheint zu riechen.

Es ist, als ob Isak ihre Gedanken gelesen hätte.

»Die Ewigkeit!«, ruft er. »Es riecht nach der Ewigkeit!«

Sie fahren durch eine weitere Stromschnelle. Sie ist reißender, und eine Weile scheint es, als ob der Motor es nicht schaffte, das Boot vorwärts zu pressen.

Aber dann sind sie durch.

Sie verlassen die Flussmündung und steuern wieder über einen See. Die Berge ziehen sich zurück, und Emma und Daniel scheint wieder die Sonne ins Gesicht.

Isak beugt sich vor und legt Daniel eine Hand aufs Knie.

»Das ist der Obere See«, ruft er. »Und dahinten liegt Ovansjö.«

Er zeigt auf einige graue Häuser, die am Seeufer kaum zu erkennen sind, hinter ihnen steht ein Birkenwald, das Boot fährt aufs Land zu. Isak stellt den Motor ab, der Steven gleitet aufs Ufer und legt sich an einem Stein zurecht.

Alle drei sehen sich an.

Emma und Daniel ganz kurz.

Wie still es ist.

Isak stopft seine Pfeife und zündet sie an.

Das Ratschen des Schwefelköpfchens an der Reibfläche der Streichholzschachtel wie ein Schuss.

Der Pfeifenrauch bleibt wie eine Wolke zwischen Isak und den Kindern stehen.

Windstille.

Das Wasser wie ein Spiegel.

Da knallt es ein Stück entfernt, alle drei drehen die Köpfe.

Ringe breiten sich auf der Wasserfläche aus.

»Jetzt liegt sie auf der Lauer«, sagt Isak.

»War das ein Fisch?«, fragt Daniel.

»Lachsforelle«, sagt Emma. »Sie hat eine Libelle über dem Wasser geschnappt.«

»Wenn man mit Fliegen angeln will, ist heute Abend das richtige Wetter«, sagt Isak. »So gut, wie es nur in Ovansjö sein kann.«

Sie sitzen alle drei im Boot, ohne ein Wort zu sagen, nach einer Weile schnappt wieder eine Lachsforelle nach einer Libelle, ein wenig weiter draußen auf dem See. Erst als Isak seine Pfeife zu Ende geraucht und die Tabakreste herausgeklopft hat, erheben sie sich, nehmen ihr Gepäck und gehen durch das hohe Gras auf die grauen Häuser am Rand des Birkenwalds zu.

16

Sie gehen zu dem kleinsten Haus.

Isak voran. Dann Emma und Daniel. Das kniehohe Gras neigt sich vor ihnen, es entsteht etwas wie ein Pfad zum Haus.

»Warum gehen wir nicht zu dem großen?«, fragt Emma, und Isak bleibt stehen. Alle drei bleiben stehen und schauen zu dem Haus, das ein wenig größer ist.

»Der Schornstein ist gerissen. Man kann kein Feuer machen. Wir müssen in der Kate wohnen.«

Sie gehen zu dem niedrigen aus Balken gezimmerten Häuschen. Isak holt einen Schlüssel hervor und öffnet ein Hängeschloss.

Die Tür ist niedrig und die Schwelle hoch.

Isak steigt über die Schwelle, die Kinder folgen ihm, der Geruch nach altem Haus schlägt ihnen entgegen. Es ist ein Geruch nach Mäusedreck und Staub, Spinnweben und verrottendem Holz.

Isak öffnet die Fenster und nimmt einen Besen. Er

gibt ihn Emma und bittet sie zu fegen. Daniel steht da und guckt zu.

Neben dem offenen Kamin liegt ein Haufen gespaltenes Birkenholz. Isak reißt Rinde von einigen Kloben, legt sie in den Kamin und lehnt dünne Scheite drum rum. Dann holt er Streichhölzer hervor und entzündet die Rinde. Sie flammt auf. Isak reicht Daniel einen schwarzen Kessel.

»Der Bach ist auf der Rückseite.«

Daniel geht wieder hinaus in die Sonne. Es ist ein Gefühl, wie aus einem Loch in der Erde zu kommen. Drinnen im Haus ist etwas, das er nicht kennt. Der Geruch. Aber auch etwas anderes. Er kennt nicht den Namen dieses Geruchs, dass es etwas ist, das Leben der Menschen heißt. Es sitzt in den Wänden. Das Leben, das sie gelebt haben. Sie, die keine Elektrizität hatten.

Als er mit dem gefüllten Kessel zurückkommt, steht Emma auf der steinernen Treppenstufe und hält in der einen Hand einen Besen und eine Müllschaufel in der andern. Sie schaut zu dem größeren Haus.

»Dort habt ihr gewohnt, als du klein warst?«

Isak antwortet aus der Hütte.

»Zuerst hat Vater die Kate gebaut, als er hierher kam. Dann wurden meine Geschwister geboren. Wir waren fünf. Ich war der Jüngste. Wir sind alle in dieser Kate geboren worden. Dann sind wir in das große Haus gezogen. Da war ich drei Jahre alt.«

Emma guckt in die Hütte. Da kniet Isak vor dem Kamin und dem flammenden Feuer.

»Hier drinnen habt ihr mit sieben Personen gelebt?«

»Und ob.«

Emma steht mitten in der Türöffnung, mit Besen und Schaufel. Sie begegnet Daniels Blick und tritt zur Seite, damit er zu Isak hineingehen und ihm das Wasser bringen kann. Isak hängt den Kessel an einen Metallstab. Der ist schwenkbar, der Kessel hängt genau über dem Feuer. Die roten Flammen lecken am schwarzen Boden des Kessels, Isak hat das Proviantpaket auf den Tisch unter dem Fenster an der Schmalseite gelegt und packt es aus.

»Und das war die Scheune dahinten?«, fragt Emma von der Tür.

»Richtig«, antwortet Isak. »Das dahinten war die Scheune, aber sie ist verfallen.«

Daniel schlägt sich mit der Handfläche in den Nacken.

»Hier gibt es Mücken!«

»Nimm Pechöl«, sagt Isak vom Küchentisch her, ohne sich umzudrehen. »Es steht auf dem Herdsims.«

Daniel nimmt eine kleine braune Glasflasche herunter und dreht den Korken heraus. Er schnuppert an der dunklen Flüssigkeit in der Flasche. Emma kommt zu ihm.

»Ich tu es immer ins Haar. Damit ich es nicht auf der Haut habe.«

Daniel gießt ein wenig in die Handfläche und tupft es sich an die Schläfen und in den Nacken. Emma streckt eine Hand aus.

Sie sieht ihn an, und er gibt ihr die Flasche. Emma nimmt ein bisschen Pechöl auf die Fingerspitzen und schmiert ihr langes Haar ein.

»Man kriegt Flecken, wenn es auf die Kleidung kommt«, sagt sie. »Aber das Hemd hier ist alt und sowieso zu klein.«

Sie streicht Öl auf die Manschetten und auf den Kragen.

»Tu mir ein bisschen auf den Rücken«, fordert sie Daniel auf und gibt ihm die Flasche.

Und Daniel nimmt Öl auf seine Fingerspitzen und verstreicht es zwischen Emmas Schulterblättern.

»Wir müssen die Finger waschen«, sagt sie, »bevor wir essen. Man soll das Zeug nicht in den Mund kriegen.«

Daniel verkorkt die Flasche und stellt sie zurück. Dann folgt er Emma zum Bach, wo er das Wasser geholt hat. Der Bach ist einen halben Meter breit und hat sandigen Boden. Das Wasser ist so kalt, dass die Finger schmerzen.

Sie knien nebeneinander und waschen sich die Finger. Aber das Braune geht nicht ab.

Das Pechöl.

Der starke Geruch.

Als sie sich aufrichten, schaut Emma über den See. Es ist windstill, und die Berge hinter dem See spiegeln sich in der blanken Wasseroberfläche.

Es ist still.

So still.

Still.

Plötzlich versetzt Emma Daniel einen Schlag, als sie so nebeneinander stehen und über den See schauen. Sie schlägt schnell und fest mit der Handfläche auf Daniels Schulter.

»Eine Mücke«, sagt sie.

17

Der Tisch.

Sie sitzen nebeneinander, Emma und Daniel. Auf der anderen Seite sitzt Isak. Er hat das geräucherte Rentierfleisch auf ein Holzbrett gelegt. Das Brot liegt daneben. Er nimmt das Fahrtenmesser vom Gürtel. Es hat einen dunkelbraunen Holzgriff, die Klinge ist sehr schmal und hat Rostflecken. Aber die Schneide blinkt, und als Isak das Rentierfleisch schneidet, schneidet er ohne Anstrengung.

Emma sieht Daniel an.

»Papa sagt, niemand hat so ein scharfes Messer wie Isak.«

Isak nickt.

»Wenn sie stumpf sind, werden sie gefährlich. Man kann abrutschen. Und sich schneiden.«

»Und du hast es bei der Rebhuhnjagd verloren und wieder gefunden?«, fragt Emma und nimmt das Messer. Sie streicht mit dem Daumen an der scharfen

Schneide entlang. Die Haut öffnet sich, und ein Blutstropfen quillt hervor. Sie legt das Messer weg und leckt das Blut ab.

»Zweimal ist es verschwunden gewesen. Beim ersten Mal war ich sechs Jahre alt«, sagt Isak und legt das Rentierfleisch auf eine Scheibe Brot, nimmt einen Happen und spült ihn mit Kaffee hinunter.

Schlürft.

Bläst auf den Kaffee.

Schlürft wieder.

Isak schiebt Daniel das Brot zu.

»Nimm. Anders hat es gebacken.«

Daniel nimmt das Messer und schneidet eine Scheibe Brot ab. Er braucht das Brot nur mit dem Messer zu berühren, da fällt die Scheibe schon ab.

»Ich war sechs Jahre alt. Meine Schwester Anna war neun. Sie säuberte Fisch draußen auf dem Hof. Dort hatten wir einen Tisch, wo wir die Fische ausnahmen. Dahinten hat er gestanden.«

Isak zeigt aus dem offenen Fenster.

»Noch heute steht da eine Birke. Vater hatte seinen Gürtel mit dem Messer in der Scheide abgelegt. Dieses Messer.«

Isak zeigt drauf.

»Der Gürtel hing an einem Birkenast neben Anna. Sie war tüchtig für ihr Alter, und sie benutzte Vaters Messer. Zu der Zeit war es noch schärfer. Dann war die Arbeit fertig. Der Fisch war gesäubert, und ich half Anna, ihn Mutter zu bringen. Er sollte gesalzen werden. Nachts kamen die Rentiere. Damals gab es noch viele Rentiere, wir wurden alle wach, weil es so unendlich viele waren, viel mehr, als wir je gesehen hatten. Sie kamen auf den Hof gelaufen und blieben eine Weile. Dann waren sie fort. – ›Das Messer‹, sagte Vater und ging hinaus. Er ging zu der Birke, in der sein Gürtel gehangen hatte. Er kam wieder herein. – ›Hast du das Messer mit reingenommen?‹, fragte er Anna. Sie schüttelte den Kopf. – ›Die Rentiere‹, sagte Vater. ›Die Rentiere haben das Messer mitgenommen.‹ Ein Rentier war vermutlich mit einer Geweihstange in der Gürtelschlaufe hängen geblieben. Jetzt lief es durch den Wald, und vor seinem Maul baumelte Vaters Messer. – ›Die Rentiere haben es mitgenommen‹, sagte Vater. – ›Das Messer wird schon wieder zum Vorschein kommen‹, sagte Mutter. Da lachte Vater. Und dann gingen wir wieder zu Bett.«

Isak schneidet ein Stück Rentierfleisch und legt es auf eine Scheibe Brot.

»Gibt es Marmelade?«, fragt Daniel, und Isak bückt sich und holt ein Glas Marmelade aus dem Rucksack.

Isak isst.

Und schlürft.

Die Mücken am Fenster.

Alles ist still.

Emma starrt Isak an.

Er guckt sie auch an und kaut.

»Wie ist es wieder aufgetaucht?«, fragt sie. »Wann hast du es gefunden?«

»Später. Ich war acht, Anna elf. Wir gingen zu den Multebeermooren. Der Boden war nass nach vielen Regentagen, aber jetzt war das Wetter klar und kalt. Wir hatten Rucksäcke dabei. Darin hatten wir unser Essen. Anna und ich waren allein. Wir kamen an den Rand des Moors. Noch nie hatte ich so viele Multebeeren gesehen. Wir pflückten uns auf das Moor hinaus. Die Beeren waren wie Walnüsse und glänzten wie Gold. Jede einzelne Beere war so süß wie ein Teelöffel voll Zucker. Aber es war feucht im Moor. Wir wurden nass. Mitten im Moor liegt ein Stein. ›Ich will zu dem Stein‹, sagte Anna. ›Wir pflücken uns bis zu dem Stein, dann machen wir Frühstück.‹ – Ich sagte, das sei sinnlos. ›Was haben wir bei dem Stein verloren? Beeren gibt es überall. Wir werden nass bis über die Knie, wenn wir hingehen.‹ Aber Anna wollte zu dem Stein. Und dann rannte sie los, dass das Wasser nur so spritzte. Ich folgte ihr, denn sie hatte das Essen, und ich war hungrig. Wir kamen zu dem Stein und setzten uns drauf. Er war wie ein Tisch, flach und so groß.«

Isak breitet die Arme aus.

»Wir aßen. Wie man isst, wenn man Multebeeren gesammelt hat. Die Rucksäcke waren schwer von den Beeren. Da sah ich es. Es lag im Moos auf dem Stein. Die Messerscheide war noch am Gürtel. Wir sahen es beide an, dann hob Anna es auf. Doch, das war Vaters Messer. Kein anderes hatte so eine Klinge. An dem Stein war das Rentier das Messer losgeworden. Vielleicht hatte es seine Geweihstangen am Stein geschabt. Jetzt war das Messer wieder da. Als wir nach Hause kamen, stand Mutter auf dem Hof. – ›Vaters Messer!‹, rief Anna. ›Wir haben es auf einem Stein im Moor gefunden!‹ Und dann erzählte sie, wie wir hingegangen waren, um zu frühstücken und dass ich gesagt hatte, es sei sinnlos. Mutter lächelte. ›In allem liegt ein Sinn, man muss nur genau hinschauen‹, sagte sie. ›Und manchmal muss man besonders genau hinschauen.‹ Und dann bekam sie diesen Ausdruck im Gesicht. Der bedeutete, dass sie an Ragnar dachte. Er war ihr Erstgeborener. Mit vierzehn ist er an Rheumafieber gestorben. Er hatte solche Schmerzen, dass sie ihn nicht anfassen durften und nur im Laken umdrehen konnten. Wenn Mutter an ihn dachte, fiel es ihr schwer, den Sinn zu sehen, aber sie hielt an dem fest, wonach sie lebte. In allem ist ein Sinn. Und wenn man den Sinn nicht sofort erkennt, muss man eben noch einmal hinschauen. Manchmal muss man weit ins Multebeermoor hinaus und bis zu dem Stein gehen. Manchmal noch weiter. Ja, sehr viel weiter, bis in das Zimmer, in dem Ragnar liegt und stirbt. Und überall muss man nach dem Sinn Ausschau halten. Denn da ist er. Wenn man nur genau hinschaut.«

Als Isak zu sprechen aufhört, nimmt Emma wieder das Messer und dreht es in der Hand.

»Wie dünn die Klinge ist.«

»Sie ist oft gewetzt worden«, sagt Isak. »So wird auch der Mensch, schmal und dünn mit den Jahren, abgewetzt von den Ausflügen zum Multebeermoor, von allem, durch das du hindurch musst, um ein Mensch zu werden.«

18

Sie legen die Netze aus.

Emma und Daniel jeder an einem Ruder. Isak achtern. Er legt die Netze dort aus, wo der Bach in den See fließt. Er legt sie etwa zehn Meter vom Ufer entfernt aus. Drei Netze hintereinander parallel zum Land. Dann sammeln sie gemeinsam Feuerholz zum Räuchern. Sie stapeln einen ansehnlichen Haufen unter einem Stück Plastik, das Isak aus dem ansonsten fast leeren Holzschuppen geholt hat. Die ganze Zeit schwirren die Mücken um ihre Köpfe, sonst ist es still.

Daniel holt das Pechöl und reibt sich Nacken, Ohren und Handrücken ein. Er knöpft die Jacke bis zum Hals zu.

Draußen auf dem See breiten sich Wasserringe aus. Jedes Mal, wenn ein Fisch hochschnellt, um eine Libelle zu schnappen, klatscht es, und ein großer Ring rollt über das blanke Wasser.

»Heute Abend«, sagt Isak und stößt dicke Rauchwolken aus, »heute Abend, Emma, fängst du deinen ersten großen Fisch.«

»Und dann darf ich dein Messer leihen?«, fragt Emma.

»Dann darfst du mein Messer leihen.«

Und dann kommt der Abend, wie er nur in Lappland kommt. Es wird nicht dunkel, es wird nur eine Spur kühler, und die Mücken werden mehr, sie verdichten sich zu schwarzen Schwärmen. Die blanke Wasseroberfläche des Sees spiegelt die Berge, sodass man meint, ins Wasser steigen zu können, um die Gipfel zu erreichen. Und die Lachsforelle wacht.

Die schweren Platscher – klatschpatsch.

Und dann die Stille.

Die Stille, in der die Mückenschwärme summen, dass man nach einer Weile glaubt, man habe die Mücken im Kopf.

»Ich werde verrückt!«, brüllt Daniel und läuft vom Boot weg zurück zum Haus und fuchtelt mit seinen Händen, die von Mückenstichen geschwollen sind, an seinen Ohren herum.

Er bekommt einen Hut und ein Paar Handschuhe von Isak. Der Hut hat ein Netz, damit sieht Daniel aus wie ein Bienenzüchter. Mit dem Hut auf dem Kopf geht er in die Hütte und holt den Computer hervor. Er stellt ihn auf den Tisch und schaltet ein.

Touristen wissen nichts.

Als er den Text sieht, schaltet er den Computer hastig aus. Dann steht er so schnell auf, dass der Stuhl hinter ihm umfällt. Er läuft zur Tür hinaus.

Ein Stück entfernt geht Emma mit der Wurfangel in der Hand am Seeufer entlang. Hinter ihr geht Isak.

Daniel läuft hinter ihnen her, am Boot vorbei, das mit dem Steven ins Gras hinaufgezogen ist.

Da stolpert er. Er fällt vornüber, ihm bleibt die Luft weg. Als er den Kopf hebt, sieht er einen Fisch nur zehn Meter vom Ufer entfernt über die Wasseroberfläche kommen. Er ist riesig, er erhebt sich aus dem Wasser, schlägt mit dem Schwanz in der Luft und landet mit einem hörbaren Platschen im Wasser.

Daniel schaut zu Emma, die jetzt still steht, ein ganzes Stück entfernt, dort, wo der See wieder Fluss wird und zu dem großen Stein mit der Birke und allmählich zum Anglercamp führt.

Daniel erhebt sich und geht langsam auf Emma zu. Isak sitzt schräg hinter ihr und raucht. Emma hat fünf, sechs Meter der Angelleine ausgeworfen, steht am Seeufer und bewegt die Angel hin und her, als ob sie eine Peitsche schwenkt. Die ganze Zeit lässt sie mehr Leine aus. Dann lässt sie sie ins Wasser fallen.

Und die Leine hat sich kaum zurechtgelegt, da streckt sie sich schon, es heult in der Rolle, und die Angel biegt sich. Fünfzehn Meter vom Ufer entfernt steigt ein großer Fisch zur Wasseroberfläche empor, er steigt und steigt, und Daniel kann sehen, dass er etwas im Maul hat. Jetzt schüttelt der Fisch den Kopf, bevor er mit einem Platschen wieder ins Wasser fällt.

Die Leine ist immer noch gestreckt, und in der

Rolle heult es. Emma hält die Angelspitze aufrecht, aber die Spitze biegt sich, sie stoppt die Leine, als sie ausläuft.

Daniel geht zu Isak und setzt sich neben ihn auf einen umgefallenen Birkenstamm.

»Der ist groß, der Fisch«, sagt Isak, ohne Emma aus den Augen zu lassen.

Und er stößt Rauch aus, die Rauchwolke legt sich zwischen sie und senkt sich langsam zur Erde, Daniel kann den Tabakrauch in der Nase spüren.

»Der ist sehr groß, der Fisch«, sagt Isak wieder. »Sehr groß.«

Emma hat angefangen, die Leine einzuholen. Sie hält sie mit der linken Hand, und die Leine legt sich in Schlingen auf ihre Stiefel. Hin und wieder reißt der Fisch an der Leine, und sie strafft sich wieder.

Emma hat nur Augen für den Fisch. Sie sieht weder Isak noch Daniel. Sie gibt dem Fisch Leine, wenn er davonschwimmen will, und sie holt die Leine ein, wenn er näher kommen will. Nach einer Weile ist er ganz nah am Ufer. Daniel steht auf.

Isak greift nach seiner Jacke.

»Setz dich. Sie bekommen wahnsinnige Kräfte, wenn sie sich erschrecken, dann können sie das Vorfach abreißen.«

Daniel setzt sich.

Der Fisch ist jetzt genau vor Emmas Stiefeln. Er schießt hin und her im flachen Wasser. Die ganze Zeit hält Emma die Angelspitze in den Himmel. Hin und wieder schlägt der Fisch mit dem Schwanz, es klingt wie ein Schuss.

»Sie muss ihn ordentlich müde machen, wenn sie ihn haben will«, sagt Isak.

Emma ist jetzt ins Wasser gegangen. Es reicht ihr bis zu den Stiefelschäften. Der Fisch schießt nur ein paar Meter von ihr entfernt hin und her. Sie hält die Angel in der linken Hand und versucht, den Fisch zu ihren Stiefeln zu bugsieren. Der Fisch will nicht. Die ganze Zeit weicht er aus.

»Ist nicht leicht«, sagt Isak, »eine Lachsforelle von dem Kaliber ohne Käscher rauszuholen. Das ist wahrhaftig nicht leicht.«

Der Fisch schwimmt hin und her vor ihren Stiefeln, und Emma lässt ihn sich austoben. Dann legt er sich eine Weile auf die Seite, aber sie zwingt ihn, weiter hin und her zu schießen.

»Jetzt wird er müde«, sagt Isak.

Daniel sieht Isak an. »Kriegt sie ihn nicht bald?«

Isak nickt.

Emma hat den Fisch zwischen sich und das Ufer gebracht. Sie hat den Fisch dazu gebracht, zwischen zwei Steine, so groß wie Fußbälle, zu schwimmen. Sie beugt sich über den Fisch und packt ihn mit der rechten Hand und steckt die Finger unter die Kiemen. Mit dem Fisch in der Hand richtet sie sich auf. Er ist so groß, dass er mit dem Schwanz gegen ihre Schenkel schlägt, als sie sich seinen Kopf vors Gesicht hält.

»Was für ein Brocken!«, ruft Isak.

Emma kommt aus dem Wasser gelaufen, läuft weit hinauf an Land zum Birkenstamm, wo Isak und Daniel sitzen. Sie wirft den Fisch ins trockene Reisig vor ihre Stiefel. Er schlägt mit dem Schwanz, sein Rücken ist dunkel, der Bauch hell.

»Eineinhalb Kilo«, sagt Isak. Er kratzt mit seiner Pfeife über den Birkenstamm.

»Das ist der größte, den ich je erwischt hab«, sagt Emma, und ihre Augen glänzen. »Und ich hab ihn ohne Käscher gekriegt.«

»Gut gemacht«, sagt Isak, zieht das Messer aus der Scheide und reicht es Emma, damit sie den Fisch erlösen kann.

19

Sie wickelt ihn in Folie.

Vorher hat sie ihn ausgenommen. Jetzt hat sie den Fisch innen gesalzen und wickelt ihn in Folie ein. Sie sitzt auf der Treppe vor der Hütte. Hinter ihr im offenen Kamin flammt das Feuer.

Isak kniet vor dem Feuer und füttert es mit Holzscheiten. Dann richtet er sich auf. Als er steht, verliert er die Balance und wankt, stolpert gegen die Wand. Er presst die Hand auf sein Herz und atmet schwer.

Die Kinder auf der Treppe draußen merken nichts.

Sie merken nicht, wie er in die kleine Kammer hinter dem Kamin geht und sich dort aufs Bett setzt. Er streckt sich aus und legt einen Arm über die Augen.

Emma und Daniel sitzen auf der Treppe, dann steht Emma auf.

»Ich leg ihn jetzt aufs Feuer!«, ruft sie Isak durch die offene Tür in die Kammer zu.

Und sie legt das Fischpaket aufs Feuer.

»Wie weißt du, wann er gar ist?«, fragt Daniel.

»Jede Seite braucht acht Minuten«, antwortet sie.

Daniel guckt auf seine Armbanduhr und drückt den Knopf, mit dem er die Stoppuhr einschaltet.

»Bist du ins Bett gegangen?«, ruft Emma durch die Tür. Isak gibt keine Antwort.

»Er ist schon so alt«, flüstert sie Daniel zu. »Er muss sich ausruhen.«

Sie rückt das Paket im Feuer mit dem Kaminhaken zurecht.

»Ich kann dir Angeln beibringen, wenn du willst«, sagt sie. »Das geht hier oben ganz leicht. Es gibt so viele Fische.«

»Ich weiß nicht«, sagt Daniel, »es gibt auch so viele Mücken.«

»Mach, was du willst.« Emma stupst das Paket im Kamin mit dem Haken an.

Daniel schließt die Tür zur Kammer.

»Hast du auf meinem Computer geschrieben?«, fragt er.

»Ja.«

»Benutzt du immer die Sachen anderer Leute, ohne zu fragen?«

»Stöberst du immer in anderer Leute Betten herum?«

Daniel wird rot unter seinem Mückennetz. Er sieht sich um.

»Warum gibt es hier keinen richtigen Herd?«

»Als sie in das große Haus gezogen sind, haben sie ihn natürlich mitgenommen. Herde wachsen hier oben nicht auf Bäumen.«

Daniel holt einen Karton Eier und einen Topf.

»Ich mach Pfannkuchen. Willst du auch welche?«

»Ja, bitte. Zum Nachtisch.«

Daniel holt Wasser und Trockenmilch und mischt alles im Topf. Dann schlägt er drei Eier auf und öffnet eine Tüte Weizenmehl.

»Isst du nie Fisch?«, fragt Emma.

»Nur manchmal.«

»Gestern hast du auch keinen gegessen.«

»Lieber Fischstäbchen.«

»Ohne Gräten?«

Daniel nickt und schlägt den Teig im Topf mit einer Gabel.

»Wie alt bist du?«, fragt sie.

»Zwölf.«

»Ich werd Sonntag zwölf. Wie viel Zeit ist vergangen?«

»Zwei Minuten.«

Daniel holt eine Pfanne. Die ist so schwer, dass er

sie kaum mit einer Hand tragen kann. Er nimmt Butter und legt einen Klacks in die Pfanne.

»Die ist verstaubt. Du musst sie erst auswischen«, sagt Emma.

Daniel holt ein Stück Papier und wischt die Pfanne aus. Den Klacks Butter wirft er in den Kamin.

»Verschwendung«, sagt Emma.

Daniel gibt keine Antwort. Nimmt einfach einen neuen Klacks Butter und legt ihn in die Pfanne. Dann stellt er die Pfanne neben das Feuer.

Als der Fisch fertig ist, kratzt Emma das Paket aus dem Feuer und öffnet es mit Isaks Messer. Er hat es zusammen mit dem Gürtel an einen Haken neben der Tür gehängt.

Sie sagt Isak, dass das Essen fertig ist, und er kommt aus der Kammer. Sie setzen sich an den Tisch und essen Fisch auf grobem Brot. Daniel schaut zu.

»Isst du nicht von dem Fisch?«, fragt Isak.

Daniel schüttelt den Kopf.

»Er macht Pfannkuchen«, erklärt Emma. »Zum Nachtisch.«

Und das tut er.

Es gibt einen Dreifuß. Auf den kann er die Pfanne stellen. Im Kamin ist nur noch Glut, der erste Pfannkuchen verbrennt, aber die anderen werden gut, Emma isst drei, dann nennt sie ihn »Daniel, den Pfannkuchenbäcker«.

Daniel hat das Netz hochgeschlagen. Das liegt jetzt über dem Hut, damit er Pfannkuchen essen kann. Er trägt immer noch Handschuhe. Emma isst den letzten Happen Pfannkuchen mit Multebeermarmelade.

»Gibt's auf der Schäre, wo du immer bist, keine Mücken?«, fragt sie.

Daniel schlägt noch ein Ei auf und kippt Mehl in die Schüssel, in der er den Teig mischt.

»Doch, aber nicht so viele wie hier. Die sind irgendwie friedlicher. Es kommen nicht so viele auf einmal.«

»Wenn du willst, kann ich dir Angeln beibringen«, sagt Emma.

Daniel nickt. »Ich weiß.«

Er gießt Teig in die Pfanne, Emma setzt sich neben ihn und dreht den Pfannkuchen mit dem Bratenwender um.

»Das wird der schönste«, sagt Daniel. »Willst du?«

Emma nickt.

»Jetzt hab ich vier gegessen. Gleich platz ich.« Sie hält sich den Bauch, als könnte sie zerplatzen.

»Gibst du in deinen Computer ein, dass du Pfannkuchen gebacken hast?«, fragt sie.

»Mach du's.«

Emma geht zum Tisch, öffnet den Computer und schaltet ihn ein. Dann schreibt sie.

> *Daniel ist Meister im Pfannkuchenbacken. Ich habe eine Lachsforelle gefangen, die hat eineinhalb Kilo gewogen.*

Daniel steht hinter ihr und schaut zu, wie sie schreibt.

»Du hast schon mal am Computer gesessen, stimmt's?«, sagt er.

»Ja.«

»In der Schule?«

»Zu Hause. Papa hat drei.«

»Was arbeitet er eigentlich?«

»Papa?«

»Ja.«

»Nordlicht.«

»Er arbeitet mit Nordlicht?«

»Ja. In Esrange. Sie schießen Raketen hinauf. Um das Nordlicht zu untersuchen. Papa ist Experte für Nordlicht.«

Drinnen aus der Kammer hören sie Isak schnarchen.

Die Kinder gehen zur Tür und gucken ihn an. Er liegt auf dem Rücken, die Hände über dem Bauch gefaltet. Sein Mund steht offen.

Die schweren, langen Schnarcher.

Emma lächelt und sieht Daniel an.

Dann schließen sie die Tür zur Kammer, und Daniel zieht das Mückennetz vor sein Gesicht.

»Bringst du mir jetzt Angeln bei?«

20

Die Wolke von Mücken.

Sie ist groß und schwarz, und innen drin schimmert Emmas Gesicht. Sie hält die Flasche mit dem Pechöl in der Hand und schmiert Haare und Wangen ein. Daniel hat Handschuhe an und das Mückennetz vor dem Gesicht.

»Ich versteh nicht, wie du das aushältst«, sagt er hinter dem schwarzen Schleier.

»Ganz gut«, antwortet sie und zeigt Daniel, wie sie eine Fliege am langen Vorfach festknotet.

Dann zeigt sie ihm, wie er die Leine auswerfen muss, damit die Fliege weit genug im Wasser landet. Ständig bleibt Daniels Leine im Birkengebüsch und im trockenen Reisig hängen.

Draußen springen die Fische, zwanzig Meter vom Land entfernt, und nicht einmal Emma schafft es, die Fliege weit genug auszuwerfen. Nach einer Weile beginnt es zu regnen. Es ist ein leichter Regen, der aus einem blauen Himmel fällt, und Daniel und Emma kehren zur Hütte zurück.

Sie sitzen vorm Feuer und werfen Holzscheite hinein. Sie sehen, wie die Flammen die Rinde erfassen, hin und wieder knistert es, dann beginnt es zu brennen. Dann fängt der ganze Holzkloben Feuer, und nach einer Weile ist er rot von der Hitze, dann wird er dunkel und langsam schwärzer.

»Wo sollen wir schlafen?«, fragt Daniel und sieht sich um.

»Auf der Küchenbank«, sagt Emma.

»Wir beide?«

»Wenn du nicht auf dem Fußboden schlafen willst. Oder drinnen bei Isak?«

Sie lauschen nach seinem Schnarchen, hören aber nichts.

»Er scheint nicht mehr zu schnarchen«, sagt Daniel.

»Geh rein und schlaf bei ihm«, sagt Emma. »Das ist sicher gemütlich. Dann hab ich die Bank für mich allein. Aber du musst mir helfen, die Sitzfläche abzuheben.«

Sie geht zur Küchenbank beim Tisch und hebt sie an. Daniel packt das andere Ende der Sitzfläche, gemeinsam heben sie sie ab, tragen sie zur Seite und lehnen sie gegen die Wand. In der Bank liegt eine aufgerollte Matratze.

»Wir müssen die Bank ausziehen«, sagt Emma, und sie tun es und rollen die Matratze aus.

Emma holt den Schlafsack. Dann zieht sie Hose und Pullover aus und kriecht im Flanellhemd in den Schlafsack.

Daniel macht es genauso.

Sie liegen nebeneinander.

Die Glut im Kamin ist ein roter Haufen.

Durchs Fenster fällt das weiße Lapplandlicht.

»Du riechst nach Pechöl«, sagt Daniel.

»Ich weiß. Wenn wir nach Hause kommen, wasch ich meine Haare. Hier gibt es Mäuse. Hör mal.«

Sie lauschen.

Das Geräusch von kleinen Krallen, die über die Fußbodendielen laufen.

»Hast du Angst vor Mäusen?«, fragt Daniel.

»Warum sollte ich? Du?«

»Nein.«

Emma schließt die Augen. Unten in ihrem Schlafsack sind die Handpuppen. Sie schiebt sie über ihre Hände.

»Also gute Nacht«, sagt Daniel.

»Gute Nacht«, sagt Emma.

Und dann fängt sie an, mit den Puppen zu spielen. Sie bewegt nicht die Lippen und sagt keinen Ton. Sie tut alles in ihrem Kopf.

Sie hat ein Auto in ihrem Kopf. Brummbrummbrumm.

Sie lässt die eine Puppe mit der anderen schimpfen.

»Guck mal, Mama«, sagt die eine Puppe zur anderen in ihrem Kopf. »Guck mal, Mama, guck mich an!«

»Ich kann jetzt nicht gucken, Emma«, antwortet die andere Puppe. »Ich muss auf die Straße achten.«

Brummbrummbrumm, sagt es in Emmas Kopf.

Daniel dreht sich hastig zu Emma um.

»Ich hab ein Gefühl, als ob was über meine Beine gelaufen wär«, sagt er.

»Und was?«

»Eine Maus.«

»Mäuse tun nichts. Schlaf jetzt.«

Und Daniel dreht sich zur Wand und schließt die Augen. In ihm ist noch das Geräusch der Mückenschwärme. Er hört es, als ob sein Kopf voller Mücken wäre.

Er hört Isak schnarchen.

Er schaut Emma an.

Ihr Mund steht offen. Sie riecht nach Pechöl. Er findet, es riecht gut.

Dann schließt er die Augen.

Und als die Rentierherde von den Bergen kommt, hört er sie nicht. Er hört nicht das Leittier mit der Glocke, er hört die vielen Hufe nicht, er hört überhaupt nichts, denn er schläft.

In der hellen, hellen Nacht.

21

Daniel schlägt die Augen auf und schaut genau in das Licht vom Fenster. In der Hütte ist es kühl. Er spürt es im Gesicht. Aber im Schlafsack ist es warm. Er dreht den Kopf und sieht Emma, die, das Gesicht ihm zugewandt, schläft. Sie hat eine Hand ausgestreckt und auf seinen Schlafsack gelegt. Er betrachtet die Hand. Die Finger sind braun vom Pechöl. Er kriecht aus dem Schlafsack und geht zum Kamin. Dabei kriegt er Gänsehaut an den Beinen und kauert sich beim Holz hin, das zwischen Kaminmauer und Wand aufgestapelt liegt, reißt Rinde von einigen Kloben und legt sie ganz hinten in den Kamin auf die kalte Asche. Dann stellt er einige Holzscheite über den Rinden auf und hält ein Streichholz dran. Das Feuer knistert in der Rinde, und er kehrt zur Küchenbank zurück und krabbelt in den Schlafsack, der noch warm ist. Er richtet sich auf.

Das Feuer macht sich gut, er stupst Emma an, die die Augen aufschlägt und ihn anschaut.

»Guten Morgen. Ich hab Feuer gemacht.«

Sie richtet sich auf. »Guten Morgen.« Sie gähnt.

»Ist noch Wasser da?«, flüstert sie.

»Ja, im Eimer.«

»Dann kochen wir erst Wasser für unsern Kakao, und dann kochen wir für Isak Kaffee und bringen ihm den ans Bett.«

Daniel nickt und steht auf.

Er füllt den schwarzen Kessel und hängt ihn an dem Metallstab übers Feuer. Dann legt er mehr Holz auf, kehrt zur Bank zurück und kriecht neben Emma.

»Wir können Pfannkuchen zum Frühstück machen«, sagt er. »Genügend Eier sind da.«

Emma guckt ihn an. »Du musst lernen, Fisch zu essen.«

»Zum Frühstück? Niemals!«

»Du kannst doch nicht nur von Pfannkuchen leben.«

»Du redest wie meine Mama.«

Emma verstummt. Sie rutscht in ihren Schlafsack und kehrt Daniel den Rücken zu.

»Mir doch egal, was du isst«, sagt sie, ohne ihn anzusehen.

»Ja, lass das. Ich komm sehr gut allein zurecht.«

»Klar«, sagt Emma, »klar schaffst du das.« Sie seufzt. »Ich komm auch gut allein zurecht.«

Sie steht auf, zieht sich an und bindet die Haare mit einer grünen Schleife zu einem Schwanz zusammen, dann sieht sie Daniel an, der noch im Schlafsack liegt.

»Kommst du mit zum Bach, Zähne putzen?«

Daniel steht auf, und zusammen gehen sie hinaus zur Rückseite des Hauses, dort kauern sie mit den Zahnbürsten am Bach, und Emma wäscht sich das Gesicht und wischt das Pechöl mit dem Handtuch ab.

Als sie wieder in die Hütte kommen, kocht das Wasser im Kessel über dem Feuer. Nachdem sie die Kakaobecher gefüllt haben, holt Daniel das Päckchen Kaffee hervor und schaut Emma an, die den Tisch deckt.

»Wie viel Kaffee muss man nehmen?«

»Ich nehm acht, neun ordentliche Prisen für Papa.«

Daniel steckt die Finger ins Kaffeepäckchen und nimmt acht Prisen, die er in den Topf mit dem Wasser gibt.

»Jetzt musst du es wieder aufkochen lassen«, sagt Emma und geht zum Haken bei der Tür, an dem Isaks Messer hängt. Sie löst die Scheide vom Gürtel und legt das Messer auf den Tisch neben das geräucherte Rentierfleisch.

Daniel hat den Topf wieder an den Metallstab über das Feuer gehängt, jetzt platscht das Wasser aus der Tülle.

»Wir wecken ihn«, sagt Emma, öffnet die Tür zur Kammer und steckt den Kopf hinein.

»Isak«, sagt sie, »Kaffee ist fertig. Es gibt Frühstück.«

22

Emma und Daniel.

Sie sitzen einander gegenüber am Tisch. Sie haben die Sitzbank zugeklappt, und Emma schneidet das Rentierfleisch mit Isaks Messer.

»Hast du ihn geweckt?«, fragt Daniel.

»Vielleicht ist er wieder eingeschlafen.«

Daniel steht auf und geht zur Kammertür. Er öffnet sie.

»Isak«, sagt er und steckt den Kopf hinein. »Kaffee ist fertig!«

Er sieht Isak, der auf dem Rücken liegt, die Hände über dem Bauch. Daniel dreht sich zu Emma um.

»Er schläft«, sagt er und kehrt an den Frühstückstisch zurück.

»Komisch, er sagt doch immer, dass er so früh wach ist.«

»Vielleicht ist er gestern besonders müde gewesen. Vielleicht war die Fahrt über den Fluss zu anstrengend. Er ist doch schon ziemlich alt.«

Emma nickt. Sie hat den Mund voller Rentierfleisch und Brot.

»Was meinst du, ob ich einen Fisch angeln kann?«, fragt Daniel und trinkt vom Kakao. »Einen, der genauso groß ist wie deiner?«

Emma schüttelt den Kopf.

»Das braucht seine Zeit, bevor du es gelernt hast.

Vielleicht in ein paar Tagen. Wenn du die ganze Zeit angelst.«

»Sollen wir nach dem Frühstück angeln?«

»Geht nicht. Die Insekten sind noch nicht da. Angeln lohnt sich erst mitten am Tag, am meisten abends.«

Sie wirft einen Blick zur Kammertür.

»Jetzt soll er aber kommen. Der Kaffee wird kalt.«

Und sie steht auf und geht zur Kammertür. »Isak, komm jetzt.«

Daniel sieht, wie sie in die Kammer geht, und dann hört er sie drinnen: »Isak, der Kaffee wird kalt.«

Danach ist es eine Weile still, und dann:

»Mach keinen Quatsch, Isak, das ist nicht witzig.«

Dann hört Daniel, wie sie wimmert, und als sie wieder in die Stube kommt, ist sie ganz weiß im Gesicht, und ihre Augen sind groß und schwarz. Sie sackt neben der Tür zur Kammer zusammen und bleibt auf dem Fußboden sitzen.

»Was ist?«, fragt Daniel und steht auf.

Aber sie antwortet nicht, und Daniel geht an ihr vorbei in die Kammer, wo Isak liegt. Daniel tritt ans Bett und schaut auf den Alten hinab. Isak liegt ganz still.

»Er ist tot«, sagt Emma draußen in der Stube. »Er ist tot.«

23

»Hier bleib ich nicht!«, sagt Emma schluchzend und reißt Jacke und Regenjacke an sich. »Nicht eine Sekunde.«

»Jetzt warte mal!«, sagt Daniel.

»Nicht eine Sekunde«, wiederholt Emma und ist schon auf dem Weg zur Tür.

»Warte doch!«, ruft Daniel und läuft hinter ihr her. Er versucht sie festzuhalten, aber sie reißt sich los und läuft zum Boot.

»Emma!«, ruft er und folgt ihr. »Warte ein bisschen.«

Aber sie bleibt nicht stehen, sie läuft weiter zum Boot und fängt schon an, es ins Wasser zu schieben.

»Hilf mir doch!«, ruft sie Daniel zu. Halbherzig fasst er mit an und scheint nicht zu wissen, ob er ihr helfen oder das Boot festhalten soll.

Emma ist schon nach achtern gegangen. Sie drückt auf die schwarze Blase am Schlauch vom Benzintank, dann reißt sie am Seilzug des Starters. Beim zweiten Ruck springt der Motor an. Er hängt frei, blauer Qualm kommt heraus. Emma rüttelt am Motor.

»Wir können doch nicht …«, beginnt Daniel, aber Emma ist aufgestanden und hat ein Ruder genommen. Sie stemmt es gegen das Ufer und drückt das Boot ein Stück hinaus. Daniel springt hinein, und Emma gibt ihm das Ruder. Sie setzt sich achtern hin und legt den Rückwärtsgang ein. Das Boot gleitet noch ein Stück weiter hinaus. Dann hat sie es auf die Große Stromschnelle gerichtet, und das Boot gleitet vorwärts und wird schneller.

Daniel setzt sich neben sie.

»Hör mal, wir können nicht einfach abhauen. Es ist besser, wir warten.«

»Auf was denn?«

Emma guckt starr geradeaus und muss aufstehen, um etwas sehen zu können.

»Setz dich ins Vorschiff«, sagt sie zu Daniel. »Und halt Ausschau nach Steinen.«

»Warte ein bisschen, stell den Motor ab, damit wir reden können. Du kannst nicht durch die Stromschnellen fahren!«

Und Daniel schaut zur Großen Stromschnelle. Das weiß schäumende Wasser ist schon deutlich zu erkennen.

»Und wir haben keine Schwimmwesten, wir haben nicht mal Schwimmwesten!«, ruft er Emma zu, jetzt haben sie den Rand der Stromschnelle fast erreicht. Der Motor läuft schneller, Emma versucht vergeblich zu steuern.

»Da ist was passiert!«, ruft sie Daniel zu. »Ich glaub, die Schraube ist gegen einen Stein geschlagen.«

Sie stellt den Motor ab, und als das Motorgeräusch verstummt, ist das Brausen des Wassers zu hören.

»Steuer aufs Land zu!«, ruft Daniel.

»Geht nicht ohne Schraube! Wir müssen die Ruder nehmen.«

Sie nehmen jeder ein Ruder und setzen sich nebeneinander auf die Ruderbank, aber die Strömung hat das Boot schon ergriffen. Es liegt jetzt quer und wird in die Stromschnelle getrieben. Emma verliert ihr Ruder.

»Aufs Land zu!«, ruft Daniel. Er versucht mit dem einen Ruder zu steuern, doch das Ruderblatt schlägt gegen einen Stein, und Daniel wird von der Ruderbank auf die Ducht geworfen, als das Ruderblatt ins Boot zurückschnellt.

Dann schlägt eine Bootsseite gegen einen Felsblock, und beide Kinder liegen auf der Ducht, das Boot wirbelt mitten in der Stromschnelle herum, dann sind sie durch und kommen in ruhigeres Wasser, das Boot beginnt zu treiben. Daniel ist aufgestanden, hat das Ruder genommen und ist nach achtern gegangen. Er taucht es neben dem Motor ins Wasser und versucht das Boot zu steuern. Es gelingt ihm, den Bug in Richtung Südufer des Sees zu manövrieren, dann wriggt er einige Male mit dem Ruder, und das Boot nähert sich dem Land.

»Komm her und halt fest!«, ruft er Emma zu, die zu ihm kriecht und das Ruder neben dem Motor mit beiden Händen packt. Sie versucht, das Ruder gegen den Motor gedrückt zu halten, während Daniel wriggt, und langsam nähert sich das Boot dem Ufer. Nach einer Weile hat Daniel Grund unter dem Ruder und kann sich abstoßen, und dann stößt der Steven an Land. Sie springen hinaus ins Gras und werfen sich ein Stück weiter oben hin, wo trockenes Reisig ist.

Die ganze Zeit hören sie das Geräusch.

Das Tosen der Stromschnelle.

24

Sie haben das Boot längsseits an Land gezogen, und beide stehen beim hochgekippten Außenbordmotor. Daniel bringt die Schraube mit dem Zeigefinger zum Kreiseln.

»Da drinnen steckt ein Stahlstift. Ungefähr wie ein Nagel. Der hält die Schraube fest. Der Stift ist dazu da, dass der Motor nicht kaputtgeht, wenn man auf einen Stein fährt. Er wird Abscherbolzen genannt. Es ist ganz leicht, ihn auszutauschen. Isak hat bestimmt einen in Reserve. Ich hab gesehen, wie Papa das gemacht hat.«

»Jedenfalls liegt keiner im Boot«, sagt Emma.

»Er hat wahrscheinlich Reservestifte und einen Schraubenzieher im Rucksack. Wir gehen rauf und holen die Sachen, dann tauschen wir aus und fahren los.«

»Und wir holen die Schwimmwesten.«

»Und wir holen die Schwimmwesten. Das hier ist die größte Stromschnelle, die anderen schaffen wir, wenn wir den Motor rechtzeitig abstellen.«

»Außerdem gibt es hinterm Haus Reserveruder.«

Die Kinder gehen schon in die Richtung der Kate von Ovansjö.

»Na gut«, sagt Daniel. »Dann schaffen wir es. Bestimmt finden wir auch noch ein paar Nägel. Die nehmen wir zusätzlich mit, falls wir noch einen Abscherbolzen kaputtfahren.«

Jetzt laufen sie fast, nach einer Weile kommen sie bei der Hütte an. Die Tür steht offen.

»Ich geh nicht rein«, sagt Emma. »Ich warte hier draußen.«

Sie geht auf die Rückseite des Hauses und holt die Ruder. Sie liegen unter einem Dachvorsprung. Sie sind grau vom Alter. Das eine Ruderblatt ist gerissen. Das andere Ruder ist an der Stelle kaputt, wo es in der Dolle befestigt wird. Aber Emma nimmt sie trotzdem herunter und trägt sie auf die Vorderseite des kleinen Hauses.

»Ich hol auch die Schwimmwesten!«, ruft sie Daniel zu, der im Haus ist.

Er bleibt lange in der Kammer, in der Isak liegt.

Daniels Herz hämmert, dass er meint, es hören zu können. Er sieht sich nach Isaks Rucksack um. Der hängt an einem Nagel an der Wand hinter der Kammertür. Daniel hebt den Rucksack herunter und trägt ihn hinaus auf den Hof. Im Rucksack sind ein Schraubenzieher und ein Schraubenschlüssel, aber kein Abscherbolzen. Daniel nimmt alles heraus, was in dem Rucksack ist, eine lange Unterhose, einen dünnen Wollpullover, ein Paar Fausthandschuhe, ein Taschenmesser mit abgebrochener Klinge, zwei Schachteln Streichhölzer, ein Päckchen Tabak und eine Pappschachtel mit sechs Schrotkugeln.

»Kein Abscherbolzen«, sagt er, als Emma mit den Schwimmwesten kommt.

»Vielleicht hat er sie in der Tasche«, sagt Emma, und als sie es gesagt hat, sieht sie erschrocken aus und fügt hinzu: »Aber ich fass ihn nicht an!«

»Ich guck nach«, sagt Daniel und geht wieder in die Kammer. Isaks Kleider hängen über einem Stuhl – eine Jacke und eine Weste –, Daniel untersucht die Kleider, ohne etwas anderes zu finden als die Pfeife, ein Päckchen Tabak und eine Schachtel Streichhölzer.

Daniel geht zu Isak.

Er vermeidet es, in das Gesicht des Toten zu schauen, und reißt ihm hastig die Decke weg. Isak hat seine Hose an. Daniel steckt eine Hand in die ihm zugewandte Hosentasche. Darin ist ein Schnupftuch. Daniel muss sich über Isak beugen, um an die andere Tasche zu kommen.

Dort findet er Abscherbolzen.

Zwei Stück.

25

Sie gehen über die Sumpfwiese am See entlang, haben die Schwimmwesten angelegt und tragen jeder ein Ruder über der Schulter.

Nach einer Weile bleiben sie stehen und legen die Ruder so hin, dass Emma mit je einem Ruderblatt auf den Schultern vorangeht. Hinter ihr geht Daniel mit den Ruderschäften auf den Schultern. Sie gehen an der Stromschnelle vorbei und kommen aus dem Birkenwald da, wo das Boot lag.

Emma hält mitten im Schritt an. »Wo ist es?«

Sie werfen die Ruder weg, Daniel kommt zu Emma und stellt sich neben sie. Sie schauen zum Flussufer. Gehen zu dem Platz, wo sie die Schraube untersucht haben. Sie können keine Spuren in der weichen, sumpfigen Erde entdecken.

Beide schauen über den Fluss.

Beide suchen mit Blicken.

Nirgends ist ein Boot zu sehen.

»Es ist weg«, sagt Daniel.

»Hast du es nicht festgemacht?«, fragt Emma.

Daniel schüttelt den Kopf. »Du auch nicht?«

Emma schüttelt den Kopf, und beide schauen den Fluss entlang. Sie seufzt. »Es ist abgetrieben worden.«

Daniel beißt sich auf die Lippe. »Es kann nicht weit gekommen sein. Bestimmt ist es irgendwo hängen geblieben.«

Und sie beginnen beide zu laufen. Sie laufen, so schnell sie können, laufen nebeneinander flussabwärts.

Der Boden wird immer sumpfiger. Ihre Stiefel versinken im Schlamm. Emma stolpert. Jetzt stolpert Daniel. Beide haben Wasser in den Stiefeln, und dann kommen sie in ein Gelände, in dem der Biber Hunderte von Birken gefällt hat. Sie steigen über die Stämme und gelangen an einen Bach. Der kommt vom Berg und ist vier Meter breit. Keuchend stehen sie davor.

»Wir müssen eine Brücke bauen, wenn wir hier rüber wollen. Der ist metertief«, sagt Emma.

Sie sehen sich um, und nach einer Weile haben sie zwei junge Birken gefunden. Sie legen die Stämme über den Bach, und Emma versucht darüber hinweg zu balancieren, aber die Birken biegen sich durch.

»Es geht nicht«, sagt Daniel. »Und wir wissen auch nicht, wie viele solcher Bäche noch in den Fluss münden. Wir brauchen Äxte und Sägen. Es kann Tage dauern, ehe wir so nach Hause kommen. Wenn wir uns nicht ausziehen und durchwaten.«

Sie schauen sich an.

Emma probiert noch einmal die beiden Birken aus.

»Wirklich keine gute Brücke«, sagt Daniel.

»Wir gehen über den Berg«, sagt Emma. »Das hat Isak viele Male gemacht, wenn zu viel Wasser im Fluss war. Im Frühling. Auf Skiern und mit dem Scooter. Es ist nicht weit.«

»Wie weit ungefähr?«, fragt Daniel.

»Etwa zehn Kilometer.«

»Wir schaffen drei in der Stunde. Dann sind wir abends zu Hause.«

»Und es ist hell«, sagt Emma. »Es ist fast die ganze Nacht hell. Wir brauchen keine Angst vor der Dunkelheit zu haben.«

Dann kehren sie zu dem Platz zurück, wo die Ruder liegen. Sie betrachten die grauen Ruder im Reisig.

»Sollen wir sie zurückbringen?«, fragt Emma.

»Ich glaub, es ist egal, wo sie liegen. Die taugen nichts mehr.«

Sie lassen die Ruder liegen und kehren zur Kate zurück, in der Isak geboren wurde und in der er jetzt tot liegt.

26

Das Feuer.

Es flammt hoch hinauf in den Schornstein. Emma und Daniel haben ihre Jeans ausgezogen und an einer Leine vor dem Kamin aufgehängt. Strümpfe und Socken haben sie auf Stöcke gezogen, die sie von Zeit zu Zeit drehen. Die Strümpfe dampfen. Die Stiefel stehen auf der Kaminumrandung.

»Wir könnten auch hier warten«, sagt Daniel und dreht einen Stock mit einem Strumpf.

Emma schüttelt den Kopf. »Ich nicht.«

»Morgen Abend hätten wir zurück sein sollen. Dein

Vater wird sich Sorgen machen, wenn wir nicht kommen«, sagt Daniel und lässt den Strumpf aus Versehen ins Feuer fallen. Rasch fischt er ihn heraus und zieht ihn wieder über den Stock.

»Das ist gar nicht so sicher«, sagt Emma und schiebt ihren Stiefel ein Stück vom Feuer weg. »Er verlässt sich auf Isak. Wenn Isak einen Tag länger bleibt, macht Papa sich deswegen keine Sorgen.«

»Dann holen sie uns also erst Freitag?«, fragt Daniel.

»Frühestens Freitag. Papa verlässt sich auf Isak. Er glaubt, Isak ist unsterblich.«

Beide Kinder wenden das Gesicht zur Kammer.

»Was meinst du, woran er gestorben ist?«, fragt Daniel.

Emma schreit.

»Red nicht davon! Ich kann nicht hier bleiben, wenn du davon redest!«

Tränen laufen ihr übers Gesicht, und sie stürzt aus der Hütte, hinunter zum Wasser. Daniel steht auf und schaut ihr von der Tür aus nach. Sie läuft ganz bis zum Fluss hinunter. Dort bleibt sie stehen und ruft übers Wasser:

»Papa, komm!«

Sie ruft wieder und wieder.

»Papa!«

Dann setzt sie sich ins Gras.

Daniel dreht sich hastig um und kehrt an den Kamin zurück. Einer seiner Strümpfe ist ins Feuer gefallen. Das Bündchen ist schon angekokelt. Daniel schiebt die

Stöcke mit den Strümpfen zur Seite und geht hinaus zu Emma ans Seeufer.

Sie sitzt im Strandgras und schaut über das Wasser.

»Auf deinem Bein sitzt eine Mücke«, sagt Daniel.

»Ich will hier weg«, antwortet Emma. »Ich will jetzt hier weg. Versprich mir, dass du mitkommst.«

»Ja«, sagt Daniel. »Ich komme mit.«

Beide wenden ihr Gesicht zum Berg hinauf. Sein Gipfel ist in dunklen Wolken verborgen.

»Ob es da oben regnet?«, fragt Daniel.

»Vielleicht«, sagt Emma. »Aber wir haben ja Regenzeug. Ich zeig dir den Weg.«

Sie steht auf und geht Daniel voran in die Kate, holt ihren Block, zeichnet eine Karte und zeigt sie Daniel.

»Hier sind wir. Wir gehen über den Berg. Wenn wir oben sind, ist der Fluss den ganzen Weg bis nach Hause links von uns. Wir können uns gar nicht verlaufen, weil der Fluss immer links von uns ist. Und die Sonne muss rechts stehen.«

»Wenn die Sonne scheint. Da oben regnet es aber wohl eher.«

»Wir können uns trotzdem nicht verlaufen. Wir brauchen wahrscheinlich drei Stunden. Hat Papa gesagt, glaub ich. Dass der Fußweg drei Stunden dauert.«

»Wir müssen was essen«, sagt Daniel.

»Wir essen jetzt«, sagt Emma, »und dann nehmen wir uns was mit.«

Sie kochen Kakao und essen Butterbrote, und Daniel kocht drei Eier, die noch übrig sind, dann schmieren sie Butterbrote, die sie mit auf den Berg nehmen wollen. Und dann müssen sie warten, bis die Kleider trocken sind.

Als sie die noch dampfenden Jeans wieder angezogen haben, holen sie ihre Rucksäcke. Daniel wickelt den Computer in die Plastiktüte und steckt ihn hinein. Sie nehmen Ersatzkleidung mit und Regenzeug, und als sie mit Packen fertig sind, nimmt Daniel den schwarzen Kessel, wickelt ihn in eine Zeitung und legt ihn obenauf in den Rucksack, zusammen mit ein paar Teebeuteln. Emma steht am Fenster und schaut zum Berg hinauf.

»Da oben regnet es«, sagt sie, Daniel stellt sich neben sie und guckt auch.

»Wollen wir warten?«, fragt er.

Emma schüttelt den Kopf. »Nein.«

»Gib mir deine Karte«, sagt Daniel.

Und Emma gibt ihm die Karte.

Daniel zeichnet eine Linie von der Hütte am Ovansjö über den Berg zum Anglercamp. Dann schreibt er:

Wir gehen diesen Weg

Darunter notiert er das Datum des Tages und die Uhrzeit.

»So, jetzt wissen sie, wo wir sind. Falls sie uns suchen kommen.«

»Wir sollten es auch unterschreiben«, schlägt Emma vor.

Und dann schreiben sie:

Emma und Daniel

Daniel lehnt die Karte gegen eine Kerze auf dem Tisch.

Emma nimmt Isaks Messer und steckt es in die Scheide, die Scheide befestigt sie an ihrem Gürtel.

Danach machen sie sich auf den Weg.

27

Sie gehen zwischen den Birken durch.

Durch das nasse, hohe Gras.

Emma voran und Daniel hinterher.

»Bald sind wir da«, sagt Daniel.

Emma gibt keine Antwort.

Beide sind nass bis zur Taille. Es nieselt leicht. Die Regenjacken reichen ihnen ein Stück über die Schenkel.

Das Gras ist hoch und nass, und wenn sie sich unter den Birken ducken und an einen Ast stoßen, läuft ihnen Wasser in den Halsausschnitt.

Noch sind sie auf der Wiese. Sie gehen sehr schnell auf den Berg zu. Jeder trägt seinen Rucksack, und keiner sagt, dass er schwer ist.

»Wir hätten Regenhosen anziehen sollen«, sagt Emma, ohne sich umzudrehen. Und sie lässt einen Birkenzweig in Daniels Gesicht klatschen.

»Dann machen wir es jetzt«, sagt er.

»Jetzt ist es zu spät«, antwortet Emma. »Ich bin patschnass.«

»Wir machen es trotzdem.«

Sie bleiben stehen, nehmen ihre Rucksäcke ab und schnüren sie auf, holen ihre Regenhosen hervor und ziehen sie an, bevor sie weitergehen.

Emma ist grün.

Daniel ist blau.

Ohne ein Wort gehen sie durch den Birkenwald, und nach einer Weile erreichen sie den Steilhang. Sie schauen hinauf, und Emma zeigt.

»Das scheint wohl der Weg zu sein.«

Daniel schüttelt den Kopf. »Ich glaub nicht, dass das ein Weg ist. Ich glaub eher, das ist ein Bach. So einer, der im Frühling voller Wasser ist. Jetzt sieht er nur aus wie ein Weg.«

Emma antwortet nicht. Sie geht einfach hinauf. Daniel folgt ihr. Hin und wieder löst sich ein Stein unter Emmas Füßen. Er kullert hinunter, auf Daniel zu.

Den Birkenwald haben sie jetzt hinter sich gelassen. Sie spüren den Bergwind, ein kräftiger, stetiger Wind. Er treibt Regen vor sich her, der Regen schlägt ihnen ins Gesicht. Es ist ein kalter Wind, der mit jedem Schritt, den sie tun, kälter wird.

Emma bleibt stehen und sieht sich um.

Keuchend stehen sie da und schauen hinunter auf die Wiese. Die kleinen Häuser weit hinten sind kaum noch zu erkennen. Und der See ist in dicken grauen Dunst gehüllt.

»Was meinst du, wie weit sind wir vom Haus entfernt?«, fragt Emma.

»Willst du umkehren?«

»Nein.«

»Vielleicht einen Kilometer.«

Dann gehen sie weiter.

Sie kämpfen sich die ganze Zeit aufwärts, nach einer Weile erreichen sie das Bergplateau, und sie können weder den Birkenwald noch den See mehr sehen. Sie bahnen sich einen Weg durch einen Sumpf und müssen dauernd die Richtung ändern, weil das Wasser zu tief ist. Allmählich gelangen sie auf trockeneren Boden. Links von ihnen ist ein hoher Gipfel, der nur zum Teil zu sehen ist. Das meiste ist von niedrigen Wolken verhangen.

»Der Gipfel muss links sein«, sagt Emma und geht weiter.

Aber nach einer Weile geraten sie in Nebel.

Er treibt in großen Schwaden heran. Er ist wie ein Laken, das an einem Sommertag zum Trocknen aufgehängt wurde. Der Wind hat es ergriffen, mit Nässe getränkt und beschmutzt. Jetzt kommt es über die Bergheide herangetrieben. Nach einer Weile ist der Nebel dicht, und Emma wartet auf Daniel.

»Wir dürfen uns nicht verlieren«, sagt Daniel und nimmt Emmas Hand.

»Hast du Angst?«, fragt Emma.

»Ja.«

»Ich auch. Was meinst du, wie weit wir gucken können?«

»Vielleicht fünfzig Meter.«

»Wir müssen die Richtung einhalten.«

»Jetzt brauchten wir einen Kompass«, sagt Daniel.

28

»Wir haben uns verlaufen!«

Daniel sagt das.

»Wie willst du das wissen?«

Daniel zeigt auf einen Stein, so groß wie ein kleines Auto, der mit Rentiermoos bedeckt ist.

»An dem sind wir schon vor einer Weile vorbeigekommen.«

»Ich hab ihn nicht gesehen.«

»Ich bin ganz sicher. Wir sind hier schon mal gewesen. Wir gehen im Kreis.«

Sie stehen dicht nebeneinander.

Daniel hält mit der linken Hand Emmas rechte.

»Es ist kalt«, sagt Emma.

»Vielleicht lichtet sich der Nebel.«

»Wenn wir eine Weile bleiben und ein Feuer machen?«

Die beiden sehen sich um.

Auf der Erde Reisig und niedrige Weidenbüsche. Alles ist nass. Selbst die Luft, die sie atmen, scheint aus

Wasser zu bestehen. Hin und wieder taucht ein Riss im dichten Nebel auf, aber der Wind schließt sofort jede Öffnung.

»Wollen wir hier bleiben oder weitergehen?«, fragt Emma.

»Hier kann man nirgends bleiben«, sagt Daniel.

Und sie gehen weiter, dicht nebeneinander, nach einer Weile geht es bergab.

»Wie lange sind wir schon unterwegs?«, fragt Emma.

Daniel sieht auf die Uhr. »Eineinhalb Stunden, seit wir die Kate verlassen haben.«

»Jedenfalls geht es bergab«, sagt Emma. »Vielleicht haben wir das Plateau hinter uns und sind jetzt auf dem Weg runter zum Anglercamp.«

Nach einer Weile stoßen sie auf eine Birke.

Es ist eine Bergbirke, ganz allein steht sie an einem Tümpel. Emma und Daniel schauen sich an. Eine Weile später sehen sie mehr Birken.

»Guck mal, ein Bach«, sagt Emma, und sie folgen dem Bach. Nach einiger Zeit schließt sich der Birkenwald um sie, und der Regen nimmt zu. Sie kommen zu einem Felsblock, so groß wie ein kleines Haus. Emma und Daniel setzen sich dicht nebeneinander auf die windgeschützte Seite.

»Wie lange sind wir jetzt unterwegs?«, fragt Emma.

Daniel guckt auf die Uhr. »Vor zwei Stunden haben wir die Kate verlassen.«

»Was meinst du, in welche Richtung sollen wir jetzt gehen?«

»Ich weiß nicht«, sagt Daniel.

Sie sitzen nebeneinander. Daniel zittert vor Kälte.

Emma schaut ihn an. »Frierst du?«

»Ja.«

»Wir müssen uns bewegen.«

Sie stehen auf.

»Wohin sollen wir gehen?«, fragt Daniel. Seiner Stimme ist anzuhören, dass er Angst hat.

»Wir folgen dem Bach«, sagt Emma. »Der fließt bestimmt in den Fluss. Wenn wir erst mal am Fluss sind, wissen wir, wo wir sind. Von dort können wir immer irgendwohin gehen.«

Sie gehen los.

Der Birkenwald wird dichter.

Sie haben Wind von hinten.

Das Gras steht hoch und reicht ihnen bis zu den Schenkeln.

Dann treten sie aus dem Birkenwald.

»Häuser!«, ruft Emma und dreht sich zu Daniel um. Beide laufen auf die Häuser zu.

Dann bleiben sie jäh stehen.

»Wir sind wieder da«, sagt Emma. »Dahinten haben wir heute Morgen die Zähne geputzt.«

Und sie zeigt den Bach entlang. Auf der anderen Seite ist die kleine graue Kate zu sehen, die sie vor ein paar Stunden verlassen haben.

29

Unter der Asche ist noch Glut.

Emma kauert am Kamin mit einem Stück Rinde in der Hand. Sie bläst in die Glut, und es knistert in der Rinde. Emma legt Scheite obenauf, und bald flammt das Feuer empor. Sie fangen an, sich auszuziehen. Sie hängen die Sachen auf die Leine vor dem Kamin und kriechen in die Schlafsäcke.

Gegen die Fenster trommelt der Regen.

»Ich hab ein Gefühl, als ob ich nie wieder warm würde«, sagt Daniel.

Sie liegen jeder in seinem eigenen Schlafsack dicht beieinander. Sie liegen zusammengekrümmt in der ausgezogenen Schlafbank.

Das Feuer.

Die Wärme, die sich langsam in ihren Körpern ausbreitet.

Und beide versuchen, nicht zur Kammertür zu sehen, hinter der der tote Isak liegt.

Das Feuer.

Daniel nimmt die Karte vom Tisch.

»Hier«, sagt er, »so sind wir gegangen.«

Und dann zeichnet er mit dem Finger einen Kreis auf dem Papier.

»Wir ruhen uns ein bisschen aus. Das Wetter wird bestimmt bald besser«, sagt Emma.

»Ich finde, jetzt bleiben wir hier«, sagt Daniel.

Emma schüttelt den Kopf. »Ich will nicht hier bleiben. Sobald das Wetter besser wird, will ich hier weg. Sollen wir uns Kakao kochen?«

Daniel nickt und holt seinen Rucksack. Er stellt den Computer auf den Tisch und sucht nach dem schwarzen Kessel.

»Nein!«, ruft er und sieht Emma an.

»Was ist?«

»Ich hab ihn rausgenommen, als wir die Regenhosen angezogen haben. Ich hab den Kessel da draußen vergessen.« Er zeigt hinaus. »Im Birkenwald.«

»Dann müssen wir eben einen Topf nehmen.«

Emma kriecht aus dem Schlafsack und holt einen Topf. Darin sind noch die Reste von Daniels Pfannkuchenteig. Emma gießt Wasser aus dem Eimer hinein, setzt sich in den Regen auf die Treppenstufe und wäscht den Topf ab. Dann stellt sie ihn, mit Wasser gefüllt, auf dem Dreifuß in den Kamin.

Hin und wieder schielt sie zur Kammertür, sagt aber nichts.

»Blöd«, sagt Daniel.

»Was?«

»Den Kessel im Birkenwald zu vergessen.«

»Passiert eben.«

Und während sie das sagt, schaut sie zu einem Regal, das die ganze Wand über den beiden Fenstern an der Schmalseite bedeckt, da, wo der Tisch steht. Daniel folgt ihrem Blick. Auf dem Regal stehen ein Tonkrug und ein halbes Dutzend Flaschen.

Emma und Daniel sehen sich an. Dann gehen beide zum Regal. Daniel steigt auf einen Stuhl und nimmt eine Flasche herunter.

»Es sind sechs Stück«, sagt er.

»Alle haben einen Korken«, sagt Emma.

Ohne ein Wort setzen sie sich an den Tisch und reißen Blätter aus Emmas Block. Auf alle schreiben sie dieselbe Nachricht:

Wir sind in Isaks Kate am Ovansjö. Isak ist tot!
Benachrichtigt Anders Frykman im Anglercamp.
Emma und Daniel

Sie schreiben das Datum und die Uhrzeit darunter und stecken die Zettel in die sechs Flaschen und verkorken sie.

Dann trinken sie Tee.

Der Kakao ist nämlich alle, das Rentierfleisch auch fast. Sie essen die drei hart gekochten Eier mit viel Kaviarpaste. Dann essen sie Brot mit Multebeermarmelade.

»Was haben wir jetzt noch?«, fragt Daniel.

»Ein ganzes Brot, zwei Pakete Knäckebrot, eine halbe Tube Kaviarpaste, ein Glas Multebeermarmelade, eine Tüte Fruchtsuppe, ein halbes Paket Trockenmilch, sieben Teebeutel und ein Viertelkilo Kaffee, Butter und ein bisschen Mehl.«

»Eigentlich hätten wir Fisch essen sollen«, sagt Daniel.

»Geräucherten Fisch«, sagt Emma. »Der schmeckt gut.«

Dann spielen sie mit einem fettigen Kartenspiel, das sie hinter den Flaschen auf dem Regal gefunden haben. Es ist so alt, dass man auf manchen Karten kaum noch die Bilder erkennen kann. Daniel zeigt Emma ein Kartenkunststück, und dann zeigt Emma, wie man eine Karte wegzaubern kann, die sie zwischen den Handflächen hat. Daniel kapiert nicht, wie sie es macht, aber sie weigert sich, es zu erklären. Daniel versucht sie zu zwingen, ihm den Trick zu zeigen. Er packt sie und kitzelt sie in der Seite. Sie läuft weg. Schließlich hockt er über ihrer Brust und kitzelt sie, dass ihr vor Lachen fast die Luft wegbleibt, aber ihren Trick verrät sie nicht.

»Nicht mal, wenn du mir alle Zähne ziehst!«, ruft sie. »Nicht mal dann. Ich sag's dir nie!«

Als ihre Sachen trocken sind, ziehen sie sich an und gehen hinaus. Es hat aufgehört zu regnen, aber Wolken hüllen die Berge ein. Sie tragen drei Flaschen zur Großen Stromschnelle, werfen sie hinein und sehen zu, wie die Flaschen langsam ins ruhigere Wasser treiben. Dann kehren sie in die Kate zurück.

»Vielleicht sollte man doch am Fluss langgehen?«, fragt Daniel.

Emma schüttelt den Kopf.

»Das geht nicht. Wir wissen nicht, was uns da alles in den Weg kommt. Es kann über mehrere Kilometer Sumpf geben. Man versinkt bis über die Knie im Wasser. Das hält man nicht lange durch. Der Berg ist der einzige Weg, wenn man nicht mit dem Boot fährt.«

»Die Schwimmwesten«, sagt Daniel. »Wir schmeißen die Schwimmwesten rein.«

»Dann müssen wir aber eine Nachricht draufschreiben, sonst kriegt Papa Angst«, sagt Emma.

Daniel nickt.

»Vielleicht sind irgendwo anders noch mehr Flaschen.«

Sie gehen über den Hof durch das hohe Gras zu dem großen Haus. Die Tür ist abgeschlossen. Sie spähen durch die Fenster.

»Guck mal!«, sagt Emma und zeigt durchs Küchenfenster.

Auf der Bank neben dem Herd stehen drei Flaschen.

Daniel sieht sich um und entdeckt einen Ast. Mit dem Ast zerschlägt er eine Scheibe. Die Glasscherben fallen in die Küche. Daniel steckt einen Arm durch das Loch und hebt den Fensterhaken hoch. Mit dem langen Stock löst er den oberen Haken. Er öffnet das Fenster, und sie klettern hinein.

30

Das Knirschen von Glas unter den Stiefeln.

Der Geruch nach Feuchtigkeit und Staub.

Sie gehen durch die leeren Zimmer. Im großen Zimmer gibt es einen Kachelofen.

Daniel zeigt auf ihn. »Den kann man ausbauen und

woanders wieder einbauen. Möchte wissen, warum der noch hier ist.«

»Woher weißt du, dass man den ausbauen kann?«

»Papa hat das mal gemacht.«

»Ist er Maurer?«

»Nein.«

»Was macht er eigentlich?«

»Er verkauft Wertpapiere.«

»Was?«

»Hast du noch nie Monopoly gespielt?«

»Doch.«

»Dann weißt du es auch. Er verkauft Aktien.«

»Ist er reich?«

»Ziemlich.«

»Sind sie schon lange geschieden?«

»Sie haben sich vor zwei Jahren scheiden lassen.«

»Und warum?«

»Weil sie beide dauernd gearbeitet haben. Sie hatten keine Zeit mehr füreinander.«

Daniel hebt eine Illustrierte vom Fußboden auf.

»Guck mal!«, ruft er und hält Emma die Zeitschrift hin. Er zeigt auf das Datum in der oberen rechten Ecke.

»18. September 1956. Das ist Mamas Geburtstag. In dem Jahr ist sie geboren.«

Emma nimmt Daniel die Zeitschrift aus der Hand und studiert sie. Auf dem Umschlag ist ein Mädchen in weißer Bluse und rotem Rock. Das Mädchen hat eine Zigarette im Mundwinkel, zwischen ihrer rechten Hand und der rechten Hüfte ruht eine Handtasche. »Der Tod und die Partymieze« steht oben auf dem Umschlag. »Ein ergreifender Bericht aus der Serie *Polizei in Paris.*«

»Sie ist genauso alt wie Papa«, sagt Emma.

Dann gehen sie in die Küche und holen die drei Flaschen von der Bank. Alle drei haben einen Korken, sie tragen sie hinüber in die Kate, in der Isak liegt.

Am Tisch schreiben sie jeder einen Zettel mit derselben Nachricht wie vorher. Sie stecken die Zettel in zwei der Flaschen, binden sie an den Schwimmwesten fest, gehen zur Großen Stromschnelle und werfen sie in den Fluss.

Auf dem Rückweg holen sie Feuerholz aus dem Holzschuppen, dann machen sie ein großes Feuer im Kamin und spielen wieder Karten. Bevor sie einschlafen, lesen sie einander »Der Tod und die Partymieze« vor, danach lösen sie Kreuzworträtsel. Das einzige Rätsel, das jemand vor ihnen gelöst hat, ist: »Weich für den Kopf.« Der das Wort gefunden hat, hat mit Bleistift »Daunen« hingeschrieben. Das ist alles.

Als sie schlafen wollen, kehrt Daniel Emma den Rücken zu. Er fühlt, wie Emma sich hinter ihm ausstreckt. Dann steckt sie einen Arm aus dem Schlafsack und legt ihn über Daniel. Und während sie schlafen, zieht die Rentierherde über den Hof. Doch sie hören nicht, wie das Rentier mit der Glocke die Wiese betritt, gefolgt von einer unendlichen Anzahl grauer Tiere, die sich über den Boden bewegen, als gingen sie über Eierschalen.

31

Daniel wird wach und dreht sich um. Emmas Schlafsack ist leer. Er steht auf und schaut herum. Ihre Kleider sind weg. Auf dem Tisch steht der Computer. Der Schirm ist aufgeklappt. Daniel schaltet den Computer ein, und der Text erscheint.

Daniel!

Ich gehe über den Berg. Bleib in der Kate. Ich komme heute Abend mit Papa.

Emma

Daniel sieht auf die Uhr und gibt die Zeit und das Datum des Tages ein. Dann schreibt er:

Ich gehe auf den Berg, um Emma zu suchen.

Daniel

Während er sich anzieht, isst er eine Scheibe Brot und trinkt einen Becher Wasser. Er zieht die Regenhose und die Regenjacke an und geht hinaus.

Im Norden ist der Himmel an manchen Stellen über dem See blau, sonst ist er voller weißer Wolken. Aber in der anderen Richtung steht eine schwarze Wand über dem Berg. Es ist kälter als an den anderen Morgen, Daniel geht durch das hohe Gras rasch auf den Berg zu.

Sie sind denselben Weg gegangen, als sie zusammen auf dem Berg waren. Das hohe Gras hat sich flach gelegt, schwer vom Regen.

An der Steigung muss Daniel sich sehr überwinden, nicht stehen zu bleiben. Die ganze Zeit geht er schnell. Als er die feuchte Bergwiese erreicht, sieht er die schwarze Wand vor sich. Es macht ihm angst, sie nur anzuschauen. Er läuft durch den Sumpf, und das Wasser spritzt um seine Stiefel. Nach einer Weile erreicht er den mit Rentiermoos bewachsenen Stein, bei dem er mit Emma gestanden hat.

Er sieht zu der schwarzen Wand. Emma ist nirgends zu sehen.

»Es ist gefährlich«, sagt er zu sich selbst, während er läuft. »Es ist gefährlich!«

Und dann spürt er die ersten Schneeflocken im Gesicht.

Zuerst denkt er, es ist Hagel, aber dann erkennt er, dass es Schnee ist. Schwere, nasse Schneeflocken, die schmelzen und verschwinden, sobald sie auf die Erde fallen.

Der Schnee kommt aus der schwarzen Wolkenwand.

Er beschließt umzukehren.

Da sieht er es.

Das Messer.

Es liegt zu seinen Füßen, fast wäre er draufgetreten. Da, wo das Messer liegt, ist ein Weidengebüsch. Das Messer ist vermutlich an einem Zweig hängen geblieben, und die Schnalle, an der die Scheide befestigt ist, ist abgerissen.

Daniel hebt das Messer auf und steckt es in die Jackentasche. Dann läuft er, so schnell er kann, auf die schwarze Wand zu. Hin und wieder bleibt er stehen und ruft:

»Emma!«

Nirgends kann er sie sehen. Und die Sicht wird immer schlechter, weil der Schnee dichter fällt. Der Wind hat auch zugenommen. Jetzt schlägt der Schnee Daniel direkt ins Gesicht.

Da entdeckt er sie.

Sie steht mit dem Rücken gegen den Wind und ist dabei, ihre Regenkapuze zuzubinden. Sie bindet sie so, dass nur ein kleines Loch bleibt, durch das sie sehen kann.

Daniel läuft zu ihr hin.

»Komm, wir gehen zurück!«

Er reißt an ihrem Arm, aber sie geht nicht mit.

»Wir müssen zurück! Es gibt einen Schneesturm.«

Sie schüttelt den Kopf.

Ihr Gesicht kann er nicht sehen, weil sie die Kapuze so weit zugezogen hat.

»Wir gehen zurück!«, brüllt er, als ob er den Sturm und nicht sie überzeugen müsste.

Aber sie schüttelt den Kopf, reißt sich los und läuft von ihm weg. Sie läuft auf die schwarze Wand zu.

Emma hat den Wind von vorn, der Schnee wirbelt um sie herum, und in sich hört sie das Geräusch, nicht das des harten Winds, sondern das vom Holzlaster.

Und dann Mama: »Ich kann jetzt nicht gucken, Emma. Ich muss auf die Straße achten.«

In ihr dröhnt es wie der Wind aus der schwarzen

Wolkenwand. Es ist, als ob die schwarze Wand in ihr wäre. Sie läuft mit offenem Mund gegen das Schneetreiben.

Dann spürt sie Daniels Hand um ihren Arm, und sie hört ihn rufen:

»Bist du verrückt? Es gibt einen Schneesturm. Wir kehren um!«

Sie versucht sich loszureißen, aber er hält sie fest und zieht an ihrem Arm, so sehr er kann. Sie setzt sich hin und versucht, ihn abzuwehren. Er zieht mit beiden Händen und ruft:

»Es gibt einen Schneesturm! Komm!«

»Es war meine Schuld!«

»Was?«

»Es war meine Schuld!«

»Wir müssen umkehren. Komm jetzt!«

Und er reißt an ihr, dass sie vornüber in den Schnee fällt, und der Schnee wirbelt um sie beide, und dann steht sie auf und nimmt Daniels Hand, zusammen gehen sie zurück zu Isaks Haus am Ovansjö.

32

Erst als sie aus dem Birkenwald kommen, wagen sie es, eine Weile stehen zu bleiben, keuchend und wortlos stehen sie da. Der Berg hinter ihnen ist schwarz, und aus dem Schwarz fallen Schneeflocken, die sich in Wasser verwandeln, wenn sie die Erde berühren. Daniel nimmt Emmas Hand, und sie gehen weiter auf das Haus zu.

Als sie das hohe Gras erreichen und sich unter den kurzwüchsigen Birken ducken müssen, bleibt Daniel stehen. Auf einem Stein steht der schwarze Kessel. Auf dem Deckel hat sich eine dünne Schneeschicht gebildet. Er nimmt den Kessel und hält ihn hoch, damit Emma ihn sehen kann, dann gehen sie weiter zum Bach, wo Daniel den Kessel mit Wasser füllt. Im Haus angekommen, reißt er Rinde von ein paar Holzkloben, macht Feuer im Kamin und hängt den Kessel an den Eisenstab. Dann holt er Isaks Messer aus der Jackentasche und legt es auf den Tisch.

»Das hast du verloren.«

Emma hat sich vor den Kamin gesetzt. Ihre Kapuze ist immer noch zugebunden, er kann ihr Gesicht nicht sehen.

»Es war meine Schuld«, sagt sie.

»Ja, es war wirklich blöd von dir, da raufzugehen.«

»Ich hab es hier nicht mehr ausgehalten.«

Daniel geht zum Fenster und schaut hinaus.

»Es ist ein richtiger Schneesturm. Im Juli. Verrückt.«

»Ich halt es nicht aus, dass er da drinnen liegt.«

»Isak?« Daniel schaut zur Kammertür.

»Ich muss die ganze Zeit an Mama denken.«

Emma geht zur Bank und wirft sich auf die Schlafsäcke und weint.

Daniel sieht sie an. Dann geht er zur Bank, und eine

Weile steht er daneben und guckt Emma an. Sie liegt auf dem Bauch in ihrer Regenkleidung und weint in ihre zugeschnürte Kapuze.

Daniel setzt sich auf die Bank. Mit gekreuzten Beinen sitzt er neben Emmas Kopf und schaut sie an.

»Willst du nicht die Jacke ausziehen?«, fragt er.

Emma dreht sich auf die Seite und versucht, die Kapuze aufzuschnüren. Sie schafft es nicht und richtet sich auf dem Ellenbogen auf, fingert am Knoten herum, aber es geht nicht.

»Ich helf dir«, sagt Daniel und fummelt am Knoten, nach einer Weile hat er ihn gelöst. Daniel zieht die Kapuze herunter, und Emma fallen die langen blonden Haare übers Gesicht. Er streckt die Hand aus und streicht das Haar beiseite.

Sie sieht ihn an. »Isak war der Einzige, der es gewusst hat.«

»Was?«

»Dass es meine Schuld war.«

»Was?«

»Der Unfall.«

»Welcher Unfall?«

»Als Mama gestorben ist.«

Und dann steckt Emma die Hände in den Schlafsack und holt die Handpuppen heraus, zieht sie über die Hände und setzt sich vor Daniel hin.

»Guck mal, Mama, guck mich mal an!«

Emma beginnt, mit der gelben Puppe die rote zu stoßen, während sie gleichzeitig ruft:

»Guck mal, Mama, guck mich mal an, guck mich an, guck mich an.«

Und als sie am lautesten ruft, so laut, dass ihre Stimme sich fast überschlägt, wirft sie sich weinend in Daniels Arme, der erst nicht weiß, was er mit seinen Händen tun soll, dann legt er sie um Emma.

»Es war meine Schuld, dass sie gestorben ist!«, schreit Emma gegen Daniels Schulter.

»Nein«, sagt Daniel, »war es nicht.«

»Es war meine Schuld«, schluchzt Emma.

»Nein«, sagt Daniel, »war es nicht. Du bist nicht schuld. Schuld war die, die gefahren ist.«

»Es war meine Schuld!«

»Nein«, wiederholt Daniel, »es war nicht deine Schuld. Es war die, die gefahren ist. Es war nicht deine Schuld.«

»Aber ich hab mit ihr gezankt, während sie fuhr«, heult Emma.

»Es war nicht deine Schuld!«, brüllt Daniel, und er packt Emma bei den Schultern und rüttelt sie. »Es war nicht deine Schuld, hast du gehört, es war nicht deine Schuld!«

Und er schüttelt sie, als ob er glaubt, etwas herausschütteln zu müssen, das in ihr ist.

Dann steht er auf und holt den Computer. Er schaltet ihn ein und legt ihn auf Emmas Schoß.

»Schreib!«, brüllt er. »Schreib!«

Emma sieht erstaunt aus. »Was denn?«

Daniel ballt eine Faust, und plötzlich hat er Emma

auf den Kopf geschlagen. Sie sieht ihn mit großen, rot verweinten Augen an.

»Bist du verrückt?«

»Schreib!«, brüllt Daniel und ballt erneut eine Faust, als ob er noch einmal zuschlagen will. Emma lehnt sich gegen die Wand, um dem Schlag, den sie erwartet, auszuweichen.

»Was denn?«, brüllt sie.

»Es war nicht meine Schuld«, sagt Daniel.

Emma sieht ihn an. Nach einer Weile sagt sie: »Ich kann nicht.«

»Doch«, sagt Daniel, »du kannst.«

Und Emma schreibt:

Es war nicht meine Schuld

Sie sieht Daniel an.

»Schreib's noch mal.«

Und sie schreibt:

Es war nicht meine Schuld

»Noch einmal!«

Und sie schreibt.

Nach einer Weile hat sie den ganzen Bildschirm gefüllt, und als er voll ist, speichert sie, was sie geschrieben hat, dann schaltet sie den Computer aus.

Sie schaut zur Küchentür.

»Isak war der Einzige, der es gewusst hat«, sagt sie.

»Was?«, fragt Daniel.

»Dass ich auf dem Rücksitz mit den Handpuppen gespielt habe, als Mama in den Laster gefahren ist.«

»Was hat er gesagt?«

»Dass es nicht meine Schuld war.«

33

Sie legen mehr Holz in den Kamin, und das Feuer dröhnt, und die roten und gelben Flammen recken sich in den schwarzen Schornstein, draußen heult der Wind.

»Es hat aufgehört zu schneien«, sagt Daniel.

Sie sitzen beide auf der Bank, halb in den Schlafsäcken verkrochen.

Emma hat die Haare zu einem Pferdeschwanz zusammengebunden.

»Ich hab Hunger«, sagt sie.

»Wir haben noch Fruchtsuppe.«

»Das ist nicht viel.«

»Und dann noch das Brot.«

Emma geht zum Kaminsims und holt eine Rolle Schnur. Die Schnur haben sie als Leine benutzt, um ihre Sachen zu trocknen. Emma rollt mehrere Meter ab.

Daniel beobachtet sie. »Was machst du?«

Emma rollt weiter Schnur ab. »Das sind mindestens zwanzig Meter«, sagt sie.

»Willst du die Schnur kochen?«

»Ich will angeln.«

Und dann zieht sie sich bis auf Unterhose und Hemd aus, öffnet die Tür und geht hinaus auf die Wiese. Die Schnur schleift hinter ihr her. Daniel steht auf, zieht Stiefel und Regenjacke an und läuft ihr nach.

»Was ist in dich gefahren? Bist du verrückt?«

»Wart's ab.«

Emma hat Gänsehaut am ganzen Körper. Es schneit nicht mehr, aber es stürmt immer noch.

»Was ist denn mit dir?«, ruft Daniel. »Du wirst krank!«

Und er packt sie am Arm, aber sie reißt sich los.

»Wenn ich es schaffe«, sagt sie, »dann weiß ich es.«

»Was weißt du dann?«

»Dass es nicht meine Schuld war.«

Die Schnur immer noch hinter sich herziehend, geht sie zum Seeufer, und als sie den Wassersaum erreicht, klappert sie mit den Zähnen. Sie dreht sich um und reicht Daniel das eine Ende der Schnur.

»Halt fest«, sagt sie.

Das andere Ende nimmt sie zwischen die Zähne und geht hinaus ins Wasser, wirft sich hinein und schwimmt zu dem roten Plastikschwimmer, mit dem Isak die ausgelegten Netze gekennzeichnet hat.

Der Schwimmer ist zehn Meter vom Land entfernt, und es scheint lange zu dauern, ehe Emma ihn erreicht. Als sie endlich ankommt, steckt sie die Schnur durch eine Schlaufe und macht einen Knoten, dabei tritt sie Wasser, und dann schwimmt sie zurück an

Land. Hemd und Hose schlackern um ihren mageren Körper, und sie klappert mit den Zähnen.

»Zieh«, sagt sie zu Daniel.

Während Daniel zieht, läuft Emma zum Haus hinauf. Als sie zurückkommt, hat sie Stiefel, Hose, einen Wollpullover und eine Regenjacke an, Daniel ist gerade dabei, das erste Netz an Land zu ziehen.

Gemeinsam holen sie die zusammengebundenen Netze heraus.

Das mittlere ist voller Fische, das letzte auch.

»Der da«, sagt Emma und zeigt auf einen zappelnden Fisch, »der ist noch nicht lange gefangen.« Dann nimmt sie ihn aus dem Netz, trägt ihn hinauf zur Hütte, die Netze mit den Fischen bleiben am Ufer liegen.

Als Emma mit dem Fisch in den Händen die Hütte betritt, dreht sie sich zu Daniel um.

»Ich hab's geschafft. Es ist nicht meine Schuld.«

34

Das Feuer.

Ein roter Haufen Glut im Kamin. Auf dem Fußboden sitzt Emma mit dem Feuerhaken in der Hand. Ihre Haare sind noch nass, und die kleinen Flammen, die an der Glut lecken, beleuchten ihr Gesicht von unten. An einer Leine über ihrem Kopf hängen die nasse Unterhose und das Hemd.

Sie tippt das Folienpaket mit dem Feuerhaken an.

Daniel sitzt neben ihr und guckt auf die Uhr.

»Jetzt ist er gar.«

Emma steckt den Feuerhaken unter das Folienpaket und trägt es zum Tisch. Dort legt sie es auf das Schneidebrett. Das Paket qualmt, die Folie ist ganz schwarz vom Ruß.

Mit Isaks Messer öffnet sie es, und als sie die Folie wegzieht, bleibt die Fischhaut dran hängen.

Sie trinken Tee und essen den Rest Brot. Emma löst mit den Fingern ganze Stücke vom Fisch und legt sie auf ihr Brot. Daniel schaut ihr zu. Dann sieht er den Fisch an und streckt die Hand aus.

Emma zeigt ihm die besten Teile.

»Nimm dir das Stück vom Rücken. Da sind nie Gräten drin.«

Daniel legt ein Stück vom Rücken auf sein Butterbrot, dann führt er es zum Mund und beißt ab.

»Willst du Salz?«, fragt Emma und reicht ihm das Salz.

Als der Fisch aufgegessen ist, essen sie den Rest des Brots mit dem Rest Multebeermarmelade, und dann trinken sie den Tee aus und kochen sich eine Fruchtsuppe. Die Suppe dampft in ihren Bechern, sie blasen darüber, aber die Suppe scheint nicht kühler werden zu wollen.

»Was hättest du getan, wenn du nicht hierher gekommen wärst?«, fragt Emma.

»Ich wär zu Papa gefahren.«

»Und was hättest du da gemacht?«

»Mich mit dem Computer beschäftigt. Papa hat einen riesigen Rechner.«

»In seinem Sommerhaus?«

»Ja.«

»Hättest du sonst noch was gemacht?«

»Vielleicht segeln. Wir haben eine Jolle. Papa ist um Gotland gesegelt und möchte, dass ich an Wettkämpfen teilnehme. Das hat er gemacht, als er jung war. Er ist ziemlich gut.«

»Ist er nett?«

»Klar.«

»Ist er's nicht?«

»Ich hab doch gesagt, dass er nett ist.«

»Aber du siehst so traurig aus, wenn du an ihn denkst.«

Emma legt ihre Fingerspitzen an die Mundwinkel und zieht sie herunter.

»Er war gemein zu Mama.«

»Was hat er gemacht?«

»Früher, als sie noch verheiratet waren, hatte er andere.«

Emma sieht Daniel mit großen Augen an. »Andere Frauen?« Sie seufzt. »Schade.«

»Er hatte mehrere, und er hat es abgestritten. Ich hab ihn mal auf der Straße mit einer Frau im Auto gesehen. Ich hab gesehen, wie sie sich geküsst haben. Ich hab ihn gefragt, wen er geküsst hat. Er hat gesagt, ich hätte mich geirrt, es wäre kein Kuss gewesen, er hätte sich nur über sie gebeugt, um eine Quittung aufzuheben, die ihm runtergefallen sei.«

Emma sieht erstaunt aus. »Was für eine Quittung?«

»Das hab ich ihn auch gefragt. Er hat gesagt, eine wichtige Quittung, die auf ihren Schoß gefallen sei.«

»Was für eine Quittung?«, fragt Emma.

»Das hat er mir nie erzählt. Aber er wollte ganz sicher sein, dass ich nicht irgendwas missverstanden hätte. Das hat er gesagt. Er hatte Schiss, ich könnte es Mama sagen. Ein paar Tage vorher hab ich gehört, wie sie sich gestritten haben. Mama glaubte, er hätte etwas mit einer Frau aus seinem Büro, aber Papa schwor, dass es nicht war, wie sie dachte. Er hatte Schiss, wirklich. Und mich hat er auch angelogen.«

Emma bläst über ihre Fruchtsuppe und nippt mit der Oberlippe dran, zieht den Mund aber hastig wieder zurück.

Daniel guckt sie an. »Heiß?«

Emma nickt. »Mein Papa belügt mich nie. Nicht mal, als es fast sicher war, dass Mama sterben würde, hat er mich angelogen. Sie lag auf der Intensivstation. Ich hatte mir ein Schlüsselbein gebrochen und ein paar blaue Flecke abbekommen. Mama hat eine Woche gelegen, bevor sie starb. Ich hab Papa gefragt, ob sie sterben könnte, und er hat gesagt, ja.«

»Und dann ist sie gestorben«, sagt Daniel.

»Ja.«

»Aber deine Schuld ist es nicht gewesen.«

»Nein«, sagt Emma. »Meine Schuld war es nicht.«

Sie schaut zur Kammertür.

»Es ist gut, dass ich es dir erzählt habe«, sagt sie und sieht Daniel an. »Dass ich geglaubt hab, es wär meine Schuld. Jetzt ist Isak tot. Wenn ich wieder anfange zu glauben, es war meine Schuld, sag es mir.«

Und sie klopft Daniel leicht gegen die Stirn.

»Hau mir auf den Kopf. Damit ich's begreife. Dass es nicht meine Schuld war. Ich könnte es ja wieder vergessen. Ich hab auch vorher versucht, so zu denken. Isak hat gesagt, dass ich so denken soll. Dass es nicht meine Schuld war. Aber ich vergesse es immer wieder. Besonders abends vorm Einschlafen. Dann denk ich fast immer, es war meine Schuld.«

Und dann steht sie auf und geht zum Feuer. Sie nimmt ein Holzscheit aus der Vorratskiste und hält es hoch, sodass Daniel es sehen kann, danach legt sie es auf die Glut.

»Das letzte Holzscheit«, sagt sie.

35

Sie holen Holz, das mit Plastik abgedeckt ist, und dann gehen sie durchs hohe Gras zu dem großen Haus.

Am offenen Küchenfenster bleiben sie stehen. Daniel gibt Emma das Beil, und sie hält es fest, während er hineinklettert. Dann reicht sie ihm das Beil und klettert hinterher.

Vor dem Herd steht ein Schemel. Daniel zieht ihn mitten in die Küche und beginnt, ihn mit dem Beil zu bearbeiten. Nach einer Weile birst der Sitz, und der Schemel zerbricht in zwei Teile. Emma dreht die Beine ab, und Daniel zerhackt den Sitz noch einmal, sodass vier Teile entstehen.

»Da drinnen ist ein Tisch«, sagt Emma und zeigt ins große Zimmer. Sie gehen hinein und weiter in ein Zimmer, das vielleicht das Schlafzimmer gewesen ist. Dort steht ein kleiner Schreibtisch. Er hat zwei Schubladen. Mitten auf dem Tisch ist ein großer runder Fleck von Feuchtigkeit.

»Ob wir den kaputtkriegen?«, fragt Emma.

Daniel kippt den Tisch um. Als er fällt, wirbelt Staub auf. Emma niest, und Daniel schlägt die Tischbeine mit dem Beil ab.

Eine Schublade ist herausgefallen. Emma bückt sich und hebt sie auf.

»Guck mal!«, sagt sie und hält ein paar Schwarzweiß-Fotos hoch.

Sie gibt Daniel ein Foto.

Auf dem Bild sieht man ein Flugzeug. Es hat Pontons und ist auf dem See gelandet. Ein Mann in Schlips und Anzug steigt heraus auf einen der Pontons. Der Fotograf hat ihn mitten im Schritt festgehalten, als das eine Bein am weitesten ausgestreckt ist. Der Mann trägt eine Brille mit runden Gläsern und wird von einem Mann in Uniform in Empfang genommen. Der Uniformierte streckt eine Hand aus.

»Der König«, sagt Emma, »das muss der König sein.«

»Welcher von beiden?«

»Der mit der Brille natürlich. Der andere ist wahrscheinlich ein General.«

Sie betrachten das nächste Bild.

»Feuerholz!«

Sie sagen es beide gleichzeitig und lachen.

Auf dem Bild ist ein alter Mann zu sehen, der aus dem Holzschuppen kommt. Er trägt einen Korb in der Hand und hat ein grobes blaues Arbeitshemd an, die Ärmel reichen ein Stück über die Hände. Außerdem hat er eine gebauschte Hose und Stiefel an. Der Alte ist glatt rasiert und kurz geschoren, und auf dem Kopf hat er eine Schirmmütze. Er trägt eine Brille, und sein Mund ist breit und fest geschlossen. Der Mann sieht genau in die Kamera. Hinter ihm neben dem Holzschuppen sind ein Haufen gehacktes Holz und ein Sägebock zu sehen.

Emma schaut Daniel an. »Ob das Isaks Vater ist?«

Daniel nickt.

Dann verlässt er hastig das Zimmer und lässt Emma das dritte Bild allein angucken. Darauf ist ein Zimmer. Darin steht ein Doppelbett mit gehäkeltem Bettüberwurf. Hinter dem Bett ist eine gemusterte Tapete zu sehen. Über dem Bett hängt ein Foto von einer Kirche, und in der Ecke ganz oben unter der Decke hängt ein vergrößertes Hochzeitsfoto in einem Holzrahmen. Auf dem Bett sitzt eine Frau in einem dunklen Kleid.

Sie trägt ein Tuch ums Haar, und die Hände liegen gefaltet im Schoß.

Daniel kommt mit einer Schirmmütze auf dem Kopf zurück.

»Guck mal!«, sagt er. »Das ist die Mütze auf dem Bild.«

Er nimmt das Foto von dem Mann mit dem Holzkorb und zeigt auf die Mütze, die er trägt.

Emma nickt. »Das ist sie.«

»Die gehört in ein Museum«, sagt Daniel.

»Warum haben sie die Bilder wohl nicht mitgenommen?«, sagt Emma und zeigt Daniel das Bild von der Frau auf dem Bett.

»Haben sie vielleicht vergessen. Hatten es eilig am Schluss. Wahrscheinlich sind sie im Winter weggezogen. Auf dem See war Eis, und jemand ist mit dem Traktor oder einem Pferd gekommen und hat ihnen beim Umzug geholfen. Da sind die Toten hier geblieben. Das Bild ist in diesem Zimmer aufgenommen.«

Daniel zeigt auf die zerrissene Tapete. »Dort hat das Bett gestanden.« Und er zeigt in die Ecke.

Emma stellt die drei Bilder ins Fenster, und mit der Mütze auf dem Kopf zerhackt Daniel den Tisch. Als er sich ausruhen muss, nimmt Emma die Mütze und setzt sie sich auf, und dann geht sie mit dem Beil auf den Tisch los.

Als er sich in Feuerholz verwandelt hat, sammelt sie die Reste von Tisch und Schemel ein und wickelt den

Strick drum. Sie müssen zweimal gehen, um das Holz in die Kate zu bringen.

»Das reicht nicht lange«, sagt Emma, als sie das Holz neben dem Kamin abgelegt haben.

»Wir gehen mal am See lang«, sagt Daniel. »Da ist Tannenwald. Vielleicht finden wir eine umgekippte Tanne.«

Sie nehmen die Bügelsäge und das Beil mit, und dann sammeln sie herabgefallenes Holz, und nachdem sie dreimal gegangen sind, haben sie eine ansehnliche Menge herangeschleppt. Sie zersägen das Holz und stapeln den Vorrat neben dem Kamin bis unter die Decke, an der Tür liegt noch ein großer Haufen.

»Jetzt können wir einheizen, so viel wir wollen«, sagt Emma.

Daniel zeigt auf den Berg.

»Es scheint gutes Wetter zu werden.«

Die schwarze Wand, die den ganzen Tag über dem Berg gehangen hat, hat sich aufgelöst, und im Westen schaut die Sonne hervor und färbt ein paar Wolkenfetzen rosarot.

Sie trinken Tee und essen von dem Knäckebrot.

»Wir müssen sparsam sein mit dem Brot. Das ist alles, was wir noch haben«, sagt Daniel.

»Das Mehl«, sagt Emma und holt die Tüte.

Dann macht sie einen Teig aus Mehl, Salz und Wasser, und mit dem Rest Butter streicht sie die Bratpfanne ein und formt aus dem Teig dünne, pfannkuchenähnliche Stücke. Dann stellt sie die Pfanne über das Feuer. Sie essen das warme Brot mit Kaviarpaste.

Nach dem Essen kriechen sie in die Schlafsäcke, so sitzen sie da und spielen Karten.

»Wenn die Sonne durchkommt, können wir heute Abend angeln«, sagt Emma. »Ich zeig es dir, dann fängst du so einen wie ich.«

Daniel nickt.

Plötzlich schauen beide zur Kammertür.

»Weißt du, was ich gedacht hab?«, sagt Daniel.

»Was?«, fragt Emma.

»Vielleicht ist Isak nur scheintot. Manche sind das. Sie wachen nach einer Weile wieder auf.«

Emma sieht ihn mit offenem Mund an.

»Geh und guck nach!«, flüstert sie.

Daniel geht zur Kammertür, öffnet sie und schaut hinein. Dann zieht er den Kopf zurück, schließt die Tür, kommt zurück und kriecht wieder in seinen Schlafsack.

Emma sieht ihn an.

Er schüttelt den Kopf. »Er ist tot«, sagt Daniel, »richtig tot.«

36

Sie sitzen am Fenster und schauen zum See hinunter. Die Krähen zanken sich um die Fische in den Netzen, ihr Krächzen wird vom Wind fortgetragen. Eine

Möwe kommt angesegelt, und die Krähen greifen sie mit heiseren Rufen an.

»Da könnte ein Vogel im Netz hängen bleiben«, sagt Emma und zieht sich an. »Es wird schrecklich, wenn wir versuchen müssen, ihn rauszukriegen.«

Sie gehen zu den Netzen und holen die Fische heraus, und die ganze Zeit flattern die Krähen um sie herum. Die Kinder zerreißen die Netze, um die Fische herauszubekommen. Sie tragen die Fische ein Stück weiter am See entlang und legen sie auf einen Haufen. Die Fischhaut ist trocken und hart, und die Fische sind steif wie Holzscheite. Die Netze rollen sie zusammen und legen sie in den Holzschuppen. Hinterher stehen sie nebeneinander am Bach und waschen sich den Fischgeruch von den Händen.

»Deine Mama«, sagt Daniel, »was hat die denn gemacht?«

Emma sieht ihn eine Weile an.

»Ich weiß nicht, ob ich über sie reden will.«

»Aber du denkst doch dauernd an sie.«

Emma legt den Kopf schief.

»Sie war Chefin bei der Verkehrspolizei hier oben. Als Mädchen war sie Wettkampfschwimmerin. Sie war in der Landesmannschaft und hat mich auch trainiert.«

»Im Schwimmen?«

Emma nickt. »Dreimal in der Woche.«

Sie gehen zurück zum Haus.

»Ich hab auch gedacht, es wär meine Schuld«, sagt Daniel.

»Was?«

»Als sie sich scheiden ließen.«

Emma und Daniel bleiben stehen und sehen hinauf zum Berg, bevor sie ins Haus gehen.

»Ich hab Mama erzählt, dass ich Papa mit der Frau im Auto gesehen hab. Deswegen haben sie sich zwar nicht scheiden lassen, aber trotzdem. Ich hab gedacht wie du.«

»Es war nicht deine Schuld«, sagt Emma.

»Es war nicht meine Schuld«, sagt Daniel.

Dann gehen sie hinein. Sie sitzen am Tisch, und Emma zeigt Daniel, wie man Patience legt. Nach einer Weile ziehen sie sich wieder an, Emma nimmt ihre Angel, und zusammen gehen sie am Fluss entlang zu dem Platz, wo sie das Boot verloren haben.

»Wir müssen eine windgeschützte Stelle finden«, sagt Emma. Unten im Wald ist es einigermaßen windstill, sodass Emma meint, sie könnten es versuchen.

»Auf dem Wasser waren keine Insekten«, sagt Emma und reicht Daniel eine Schachtel. »Häng eine Nymphe an den Haken.«

Daniel öffnet die Schachtel. Sie ist voller künstlicher Fliegen. Manche haben Flügel, andere sehen eher aus wie ein Haken mit farbiger Wolle drum rum.

Emma zeigt auf einen Wollhaken. »Wenn keine Insekten überm Wasser sind, angelt man mit Nymphen. Die sollen Insekten vor dem Schlüpfen vortäuschen, die auf dem Weg vom Grund des Wassers zur Oberfläche sind. Lachsforellen fressen die.«

»Sind das solche?«, fragt Daniel und nimmt den wolligsten Haken aus der Schachtel. Dann zeigt Emma ihm, mit was für einem Knoten die Nymphe am Vorfach befestigt wird. Es dauert eine Weile, ehe Daniel den Knoten gelernt hat, und als er fertig ist, prüft Emma, ob der Knoten hält.

Dann gibt sie Daniel die Angel und stellt sich ein Stück entfernt hin.

»Versuch, sie bis zu dem Stein da auszuwerfen«, sagt sie und zeigt auf einen zehn Meter vom Land entfernten Stein. »Lachsforellen mögen Steine.«

Und Daniel versucht es, aber obwohl sie im Wald sind, ist es ziemlich windig, und Haken und Angelschnur fliegen ihm um die Ohren. Es fällt ihm schwer, die Nymphe in die Stromschnelle zu werfen, meistens bleibt sie hinter ihm in ein paar Tannen hängen.

Aber Emma ermuntert ihn und sagt, er soll es noch mal versuchen. Lange stehen sie unterhalb der Stromschnelle und wechseln sich ab, die Nymphe in der Nähe der Steine zu platzieren, aber kein Fisch will ihre Nymphe haben.

»Gut, dass es so windig ist«, sagt Daniel. »Heute Abend gibt es kaum Mücken.«

Kurz bevor sie nach Hause gehen, hören sie es bei der Landzunge knallen, und als sie hinschauen, sehen sie etwas wie einen Hundekopf durchs Wasser pflügen.

»Der Biber«, sagt Emma, und eine Weile bleiben sie stehen und beobachten ihn, dann gehen sie zurück zu Isaks Kate.

37

»Die Quittung!«, ruft er im Schlaf. »Die Quittung!«

Emma schüttelt ihn. »Wach auf, du redest im Schlaf!«

Daniel sieht sie an, und dann schlafen sie wieder ein und werden erst am späten Nachmittag wach.

Sie liegen nebeneinander in ihren Schlafsäcken. Daniel liegt auf der Seite, der Wand zugekehrt, Emma liegt dicht hinter seinem Rücken, einen Arm über ihn gelegt.

Als er sich umdreht, schaut er genau in ihre offenen, hellwachen Augen.

Sie lächelt. »Das Wetter ist gut. Jetzt gehen wir nach Hause.«

Sie richten sich auf und gucken aus dem Fenster. Und sie sehen den sonnenbeschienenen Berg und den blauen Himmel und stehen auf und gehen hinaus.

»Windstille«, sagt Emma, sie schauen sich um. Der Himmel ist ganz blau.

Sie machen Feuer im Kamin und verbrennen den Rest vom Schreibtisch, dann backen sie sich aus dem letzten Mehl Brot und kochen von dem letzten Teebeutel Tee. Sie ziehen sich an und rollen die Schlafsäcke zusammen, klappen die Bank herunter, wischen den Tisch ab, und Emma pflückt gelbe Blumen, deren Namen sie nicht kennt. Sie stecken die Blumen in ein Glas auf dem Tisch, die Sonne scheint auf die Blumen, und im Sonnenlicht kann man sehen, wie schmutzig die Fensterscheiben sind.

Sie schauen beide zur Kammertür, hinter der der tote Isak liegt.

»Wenn nun mal jemand reinkommt, nachdem wir weg sind«, sagt Emma.

»Wir schließen die Tür ab«, sagt Daniel.

Sie packen das Regenzeug und die Pullover in die Rucksäcke, und Daniel steckt den Computer in die Plastiktüte und stopft sie ebenfalls hinein, danach gehen sie auf den Hof, und Daniel nimmt das Vorhängeschloss vom Nagel neben der Tür und sperrt ab. Dann drückt er auf den Zeitnehmerknopf an seiner Uhr.

»Drei Stunden«, sagt er.

Und sie gehen los.

Sie gehen durch das hohe Gras auf den Berg zu und den Abhang hinauf, und als sie das Bergplateau erreichen, sehen sie den Stein mit dem Rentiermoos schon von weitem. Sie gehen dran vorbei und erreichen trockeneren Boden, die ganze Zeit ist es fast windstill, und die Sonne wird wärmer und wärmer.

Sie halten sich links und stoßen auf einen Pfad, links von sich haben sie den Berggipfel, und sie kommen zu dem Abhang, der zum Fluss hin abfällt. Sie schauen genau nach Norden, und sie scheinen endlos weit sehen zu können. Sie haben den Fluss vor sich, und Emma zeigt:

»Da unten ist die Große Stromschnelle.«

»Und da haben wir gestern Abend den Biber gesehen«, sagt Daniel.

Dann schauen sie in die andere Richtung.

»Und da liegt das Anglercamp, auch wenn es nicht zu sehen ist«, sagt Emma.

Sie stehen nebeneinander.

Die Stille.

Die unendliche Stille jenseits allen Verstandes.

Daniel zeigt auf einen großen Vogel mit gelappten Flügeln. Sie sind so hoch, dass sie den Vogel tief unter sich sehen. Er kreist über dem Fluss.

»Ein Bussard.«

Emma nimmt für eine Weile Daniels Hand, ohne dass sie einander ansehen.

Dann lässt sie seine Hand los, sie kehren zum Pfad zurück, und nachdem sie eine Weile gegangen sind, kommt ihnen die Rentierherde entgegen. Sie taucht hinter einem Bergrücken auf. Es sind mehrere hundert Tiere, die dicht gedrängt auf sie zukommen. Sie hören die Hufe und sehen die Geweihe, und die Tiere wogen heran wie ein großer grauer Wasserfall.

Dann sehen sie den Hubschrauber.

Zuerst lautlos.

Dann hören sie das Knattern, das unglaubliche.

Er kommt über den Bergkamm hinter den Rentieren, steigt über den Tieren auf und kommt auf die beiden zu, Emma und Daniel winken, und der Hubschrauber bleibt genau über ihnen, er ist nicht mehr als zehn Meter hoch in der Luft, und Emma und Daniel winken dem Piloten zu, und dann erkennen sie Anders und Sara da oben, und die Rentierherde teilt sich und läuft zu beiden Seiten an ihnen vorbei.

38

Das Erzählen.

Wieder und wieder.

Als sie gegessen haben, kommt noch ein Hubschrauber. Darin sind ein Journalist und ein Fotograf, und sie erzählen alles noch einmal von vorn. Der Fotograf macht Bilder von ihnen und verspricht, dass sie Abzüge bekommen.

Gegen Abend ist es immer noch windstill, es ist noch warm, und Emma sagt, jetzt könne Daniel seinen Fisch kriegen, wenn er will.

Sie gehen ein Stück flussaufwärts, und Sara macht sich Sorgen und findet, sie könnten zu Hause bleiben, jetzt, wo sie endlich da sind. Aber Emma und Daniel lachen und sagen, dass sie gut allein zurechtgekommen sind und dass es keinen Grund zur Sorge gibt.

»Nehmt eine Flasche mit, sicherheitshalber«, sagt Anders und zeigt auf die beiden Flaschen mit den Zetteln, die auf dem Kaminsims stehen.

Dann gehen sie los.

Anders hat Daniel eine Angel geliehen, sie ist ein bisschen länger als Emmas. Sie gehen am Fluss entlang und sehen eine Lachsforelle draußen schwer und platschend springen. Die Wasserringe werden von der Strömung mitgenommen, und sie sehen immer neue Wasserringe, aber der Fisch ist zu weit vom Ufer entfernt.

Erst als sie auf eine Landzunge kommen, an deren Ende ein kleiner Birkenbusch steht, ist Emma zufrieden.

»Das ist ein guter Platz.«

Sie legt den Käscher ab, und sie lehnen die Angeln gegen die Birke, und Emma holt das Pechöl hervor. Dann schmieren sie sich Hände und Haare ein, ihre Kleider kriegen auch etwas ab.

»Da«, sagt Emma und zeigt auf einen Wasserring zehn Meter von der Landzunge entfernt.

Emma gibt Daniel eine kleine weiß geflügelte Fliege.

»Royal Coachman«, sagt sie. »Kutscher des Königs.«

Daniel knotet die Fliege fest, Emma bespritzt sie mit Öl, damit sie gut treibt, und Daniel wirft die Fliege aus. Er steht neben dem Birkenbusch, und bald hat er sieben, acht Meter Leine in der Luft, und als die Fliege einige Meter entfernt vom letzten Wasserring auf die Wasseroberfläche fällt, sagt Emma, er soll die Leine anziehen.

Daniel ergreift die Schnur mit der linken Hand knapp oberhalb der Rolle, dann spannt er die Schnur. In dem Augenblick beißt ein Fisch an. Die Schnur rollt ab, der Fisch springt, die Rolle jault, Emma mahnt Daniel, die Angelspitze anzuheben. Wieder und wieder springt der Fisch da draußen, Daniel lässt ihm Schnur, wenn er in die Strömung will, und wenn er dem Ufer nahe kommt, holt er die Schnur mit der Linken ein. Sein ganzer Nacken ist voller Mücken, aber er spürt sie kaum, und nach einer Weile ist der Fisch am Ufer, Daniel lässt ihn sich austoben, bis er sich auf die Seite legt. Als er sich dreimal auf die Seite gelegt hat, reicht Emma Daniel den Käscher, und er schiebt ihn von hinten unter den Fisch.

»Sechshundert Gramm«, sagt Emma. »Vielleicht siebenhundert. Ein großer Fisch.« Dann nimmt sie ihn, und er ist wirklich groß, danach gehen sie nach Hause und vor dem Schlafengehen noch in die Sauna, und als sie ins Flusswasser steigen, ist es kalt wie Eis.

39

»Du redest im Schlaf!«

Sie steht neben ihm und rüttelt ihn an der Schulter, und er schaut hoch in ihr Gesicht. Über ihm sind die Stäbe des Oberbettes, und als er wieder aufwacht, kommen Anders und Sara singend mit einem Tablett herein.

Nachmittags essen sie Torte mit zwölf Kerzen drauf, und Anders holt ein großes Kuvert hervor.

Emma reißt es auf.

Drinnen liegen die Lokalzeitung und drei Abzüge von einem Bild mit Emma und Daniel drauf.

Sie sind auf der ersten Seite.

»Flaschenpost rettet Zwölfjährige aus der Klemme«, liest Emma.

Dann liest sie den Artikel, und mittendrin ist ein Kästchen mit einem Bild von Isak, als er fünfzig wurde. Über ihn steht auch etwas im Artikel. »Beliebter Angelführer … Sohn der Wildmark … ruhig und still, wo er einmal geboren wurde.«

Emma holt Isaks Messer hervor. »Was soll ich damit machen?«

»Wir können bei seiner Schwester vorbeifahren. Sie wohnt ein Stück vom Flugplatz entfernt.«

Emma und Daniel schauen sich an.

»Morgen«, sagt Daniel. »Wir fahren morgen.«

Und dann essen sie Torte, und Emma zündet die Kerzen wieder an und pustet sie mit einem Atemstoß aus, dann zündet sie sie noch einmal an und bittet Daniel, sie auszupusten, und er tut es.

Anders und Sara gehen an den Fluss zum Angeln.

Emma sitzt da mit den Fotos vor sich. Alle drei Bilder haben dasselbe Motiv. Sie zeigen Emma und Daniel, die einander den Arm um die Schulter legen.

»Guck mal, wie dreckig mein Haar ist«, sagt Emma.

Dann dreht sie das Foto um und schreibt ihren Namen auf die Rückseite. Sie gibt Daniel den Stift, und er schreibt seinen hin.

»Emma und Daniel«, liest sie.

Sie nimmt das Foto mit in ihr Zimmer. Daniel folgt ihr. Emma zieht die unterste Schublade ihrer Kommode auf und legt das Foto hinein, ohne die Schublade wieder zuzuschieben.

»Das soll da für immer liegen. In neunzig Jahren ist das Dach der Hütte zusammengebrochen.«

Emma zeigt zur Decke hinauf.

»Ein Junge und ein Mädchen schlagen das Fenster ein, um hineinzuklettern und sich Feuerholz zu holen. Sie gehen herum und gucken alles an, ziehen die Kommodenschubladen auf, zerhacken einen Schemel. Das Mädchen findet das Foto. – ›Guck mal‹, ruft es. Der Junge kommt und stellt sich daneben. Sie dreht das Foto um und liest. ›Emma und Daniel. Möchte mal wissen, wer die waren?‹«

»Man überlegt, was sie hier gemacht haben«, sagt Daniel.

»Fragt sich, ob sie Geschwister waren«, sagt Emma.

Dann schiebt sie die Schublade zu, und sie holen ihre Angeln und gehen zum Fluss, und Emma zeigt einem Touristen, welche Trockenfliegen sie für die besten hält.

Für die Insekten über der Wasseroberfläche ist es noch zu früh, und Emma und Daniel liegen nebeneinander im Reisig, der Himmel ist blau.

»Gehst du zu Isaks Beerdigung?«, fragt Daniel.

»Weiß nicht.«

»Ich war noch nie auf einer Beerdigung.«

»Ich war auf Mamas.«

Sie liegen da und schweigen und schauen über den Fluss.

»Guck mal«, sagt Emma und zeigt. »Ein Wasserring!«

Draußen im Fluss ist ein Wasserring zu sehen, groß und mächtig, mitten in der Stromfurche.

»Zu weit draußen«, sagt Emma. »Was machst du, wenn du nach Hause kommst?«

»Weiß nicht. Vielleicht fahr ich zu Papa.«

Und dann springt wieder ein Fisch, und Emma und Daniel richten sich auf, denn diesmal war es näher am Ufer.

Und sie stehen bei der Stromschnelle, berauscht vom Brausen.

Der große Fluss.

Die Birken.

Und wer richtig lauscht, kann das Geräusch vom Grund der Stromschnelle hören.

Die Steine reiben sich aneinander, unendlich langsam tief unten in der Dunkelheit des schwarzen Wassers.

40

»Das gleiche Wetter wie bei eurer Ankunft«, sagt Anders, als sie in ihrem Regenzeug die Hütte verlassen.

Und dann gehen alle vier zum Fluss, sie legen die Schwimmwesten an, und die Hunde springen ins Boot, und dann schieben sie es hinaus und steigen ein, und Anders reißt den Motor an.

»Was meinst du, ob die Schwimmwesten irgendwann ankommen, die sie da oben ins Wasser geworfen haben?«, fragt Sara.

»Früher oder später«, sagt Anders. »Falls sich die Flasche mit der Adresse nicht gelöst hat.«

Sie erreichen das andere Ufer, ziehen gemeinsam das Boot an Land und gehen zum Jeep.

Die Hunde laufen um Emma und Daniel herum.

Sie ziehen ihr Regenzeug aus und steigen in den Jeep.

»Sara, Sara, entschwind in die Sahara …«, singen Emma und Daniel.

»Heiratet ihr jetzt?«, fragt Emma.

Aber Anders und Sara lachen nur.

»Mal sehen.«

»Sie sind verliebt«, sagt Emma, »das kann man ihnen ansehen.«

Und die Scheibenwischer fahren über die Windschutzscheibe, sie sind fast allein auf der Straße.

Ein Stück vom Flugplatz entfernt liegt das Pflegeheim, sie steigen aus und gehen durch die Türen, die sich von selbst öffnen. Eine Frau mit wilden Locken und einer Brille mit rosa Gestell bringt sie zur Tür am äußersten Ende des Flurs. Sie öffnet ihnen die Tür und betritt das Zimmer.

»Du hast Besuch, Anna.«

Und dann lässt sie sie allein.

Die Frau, die Anna heißt, ist klein und runzlig und hat weiße Haare. Sie sitzt auf einem Stuhl, der viel zu groß ist für sie. Sie sieht aus wie ein kleines Mädchen, das auf Vaters zu großen Lehnstuhl geklettert ist. Aber ihre Augen sind hellblau und munter hinter den dicken Brillengläsern.

»Bitte sehr«, sagt sie, »bitte, tretet ein.«

Sie stellen sich vor und sagen, warum sie gekommen sind.

Anders stellt für Sara einen Korbstuhl hin und setzt sich selbst auf einen anderen. Emma und Daniel bleiben vor der alten Frau stehen.

Emma holt das Messer hervor. »Das ist es.«

Sie reicht es der Frau, die Anna heißt. Und Anna nimmt es entgegen und tastet es ab, ohne das Messer aus der Scheide zu ziehen.

»Ihr wart also dabei, als er gestorben ist?«, fragt Anna.

Emma und Daniel nicken.

»Und er ist einfach eingeschlafen?«

»Ja«, sagt Daniel.

»Wir haben ihn zum Frühstück gerufen«, sagt Emma.

»Aber da war er schon tot.«

Sie, die Anna heißt, seufzt. »Er war mein kleiner Bruder.«

Dann tastet sie das Messer ab und dreht es in der Hand.

»Einmal hat ein Rentier das Messer mitgenommen. Ich weiß nicht, wie das zugegangen ist, aber das Rentier hat es mitgenommen. Isak wollte es unbedingt wiederhaben. Einen ganzen Sommer ist er hinter den Rentieren hergelaufen. Er war noch klein, sechs, sieben Jahre vielleicht.«

Die Alte beugt sich zu Emma vor, nimmt ihre Hand und legt das Messer hinein.

»Das Messer und Vaters Gürtel waren am Geweih des Rentiers hängen geblieben. So ist es gewesen. Und Isak hat gesucht. Dann wurde es Herbst. Wir gingen ins Moor, um Multebeeren zu pflücken. Es war ein unglaublich gutes Multebeerjahr. Mitten im Moor liegt ein Stein. Isak wollte unbedingt hin. Ich wollte es ihm verbieten. Er könnte nass werden. Aber er ist mit dem Rucksack, in dem unser Frühstück war, von mir weggelaufen. Bis zum Stein ist er gelaufen. Und was lag da? Das Messer. Wer suchet, der findet. Früher oder später.«

Sie rückt ihre Brille zurecht und schaut Emma an.

»Behalt du das Messer. Du kannst es bestimmt brauchen. Mit dem konnte man immer gut Fische ausnehmen.«

41

Auf dem Flugplatz legen sie die Rucksäcke aufs Transportband und sehen sie in einem Loch in der Wand verschwinden. Daniel drückt seinen Computer gegen die Brust.

»Viele Probleme hast du mit dem nicht gelöst«, sagt Emma und zeigt auf den Computer.

»Nein«, sagt Daniel, »aber es war trotzdem schön.«

»Vielleicht kommen wir im Herbst nach Stockholm«, sagt Anders. »Wenn Emma einen Tag in der Schule freibekommt.«

»Klar krieg ich frei«, sagt Emma. »Ich kann doch schon alles, was die mir im Herbst beibringen wollen.«

»Na ja«, sagt Anders, und dann geht er mit Sara zum Fenster, von wo aus sie den Flugplatz überblicken können.

»Guck mal, er küsst sie«, sagt Emma und zieht Daniel am Ärmel.

Und dann sagen sie über Lautsprecher, dass das Flugzeug nach Stockholm einstiegsbereit ist, und Emma und Daniel stehen voreinander. Daniel hält seinen Computer fest im Arm.

»Hoffentlich sehen wir uns wieder«, sagt Daniel. Hastig dreht er sich auf dem Absatz um und geht zum Ausgang.

Emma läuft hinter ihm her und nimmt ihn am Ärmel.

»Das schenk ich dir. Aber versprich mir, dass du erst nachschaust, wenn du in der Luft bist.«

Sie gibt ihm ein weißes Kuvert, und er steckt es in die Tasche, dann geht er hinter Sara her, und als er schon auf halbem Weg zum Flugzeug ist, dreht er sich um und winkt Emma, die dasteht und beide Handflächen gegen das große Fenster des Flugplatzgebäudes drückt.

Sara und Daniel sitzen gleich hinter dem Flügel nebeneinander, Daniel am Fenster. Als das Flugzeug auf die Startbahn rollt, nimmt Daniel das Kuvert hervor, und als die Flugzeugmotoren schneller laufen, öffnet er es, steckt eine Hand hinein, und als das Flugzeug die Startbahn entlangrast, will Sara seine Hand nehmen, aber er hält das Kuvert fest und schaut aus dem Fenster zum Flugplatzgebäude.

Dann hebt das Flugzeug ab und steigt steil auf, und Daniel nimmt den Zettel, der im Kuvert liegt.

Die Karte.

Emma hat sie farbig angemalt und ein paar Berge im Hintergrund gezeichnet, und mit verschnörkelten Buchstaben hat sie geschrieben: »Emmas und Daniels Ausflug zu Isaks Kate«.

»Was hast du da gekriegt?«, fragt Sara und beugt sich über Daniel, um es zu sehen.

»Och, das ist nur eine Karte.«

Und Daniel dreht den Kopf zum Fenster. Er will nicht, dass Sara die Tränen in seinen Augen sieht, und nach einer Weile sieht er da unten den Fluss und den Berg und den See und Ovansjö.

42

Der Fluss.

Du kannst ihn hören, das Brausen.

Die Birken.

Der Wind zerrt am Laub, ein Ast schlägt gegen die Fensterscheibe.

Jetzt bist du da, bei dem Mann mit den großen Händen und dem Mädchen mit den langen blonden Haaren. Sie sitzen einander am Küchentisch gegenüber. Der Mann trinkt seinen Kaffee und hört den Wetterbericht. Dann steht er auf und schaltet das Radio aus, nachdem der Wetterbericht vorbei ist.

»Isak hat gesagt, dass seine Schwester zu dem Stein wollte«, sagt Emma und tastet Isaks Messer ab, das neben ihrem Butterbrot liegt. »Warum hat er das gesagt, wenn er doch selbst dorthin wollte?«

»Ich weiß nicht.«

»Find ich komisch. Machst du mir wieder Zöpfe?«

Sie nimmt zwei Schleifen aus der Tasche und geht zu dem Mann, stellt sich vor ihn, und er flicht ihre Haare.

»Wann fahren wir hin?«, fragt sie.

»Nach Stockholm?«

»Ja.«

»Bald.«

»Sie scheint nett zu sein. Aber angeln konnte sie nicht so gut.«

»Das lernt sie schon noch.«

»Findest du, dass ich zu Isaks Beerdigung gehen soll?«

»Wenn du willst.«

Emma schweigt und schaut zum Fenster, an dem der Regen in schrägen Streifen herunterrinnt.

»Ich weiß nicht, ob ich will.«

»Nein«, sagt der Mann, der Anders heißt.

»Gehst du hin?«

»Ja.«

»Dann komm ich mit, glaub ich.«

»Du brauchst dich noch nicht zu entscheiden.«

»Wann muss ich mich entscheiden?«

»Spätestens am Tag der Beerdigung.«

Sie nickt und geht zum Herd, zündet das Gas an und setzt Wasser auf, dann mischt sie Trockenmilch mit Kakaopulver.

»Daniel ist ganz nett«, sagt sie. »Und außerdem hat er angeln gelernt.«

»Ja«, sagt der Mann. »Er ist nett.«

Emma setzt sich an den Tisch und tastet das Messer ab. Dann nimmt sie den Zeichenblock und die Farbstifte und beginnt zu zeichnen.

»Was soll das sein?«, fragt der Mann.

»Isak im Multebeermoor«, sagt Emma. »Als er das Messer gefunden hat.«

Und dann sitzen sie da am Küchentisch, und der Birkenzweig schlägt gegen die Scheibe, und der Regen trommelt aufs Dach.

Emma schaut auf.

»Was meinst du, wie lange steht so ein Haus?«, fragt sie.

»Was meinst du?«

»Wie lange dauert es, bevor so ein Haus zerfällt, bis es eine Bruchbude wird und die Leute einsteigen, um sich Feuerholz fürs Kaffeekochen zu holen?«

»Kommt ganz drauf an. Vielleicht hundert Jahre. Kann auch schneller gehen. Warum fragst du?«

Aber Emma gibt keine Antwort. Sie beugt sich über das Papier und zeichnet Isak. Er ist sieben Jahre alt und läuft über das Multebeermoor auf den Stein zu da draußen, und die Birken sind sehr, sehr gelb.

Mats Wahl, geboren 1945, lebt in Stockholm und ist Dozent für Pädagogik und Psychologie an der dortigen Universität. Als Schriftsteller wurde er mit Romanen für Kinder und Jugendliche bekannt, er schreibt aber auch Sachbücher. Für seine Romane erhielt er zahlreiche bedeutende Auszeichnungen nicht nur in Schweden. Bei uns wurde er 1996 mit dem Deutschen Jugendliteraturpreis ausgezeichnet und mit zwei weiteren Büchern ebenfalls für den Preis nominiert, so auch mit dem Roman »Därvarns Reise«, der als erstes Buch des Autors im Hanser Verlag erschien. Das vorliegende Buch ist der erste Teil einer Trilogie über Emma und Daniel.

In gleicher Ausstattung liegt vor:

Mats Wahl
Därvarns Reise
240 Seiten
ISBN 3-446-17350-1

Farö im Winter 1603: Eine Gruppe von Jägern gerät weit hinaus auf das Eis der Ostsee, da löst sich eine gewaltige Eisscholle und treibt mit den Jägern aufs offene Meer. Dort bricht die Eisscholle noch einmal; auf einem Teil befinden sich nun fünfzehn Männer, auf dem anderen ein junges Mädchen und ein junger Mann. Niemand ahnt, dass sie einander lieben, lange schon, doch verbotenerweise, denn eine Liebe zwischen dem Sohn eines Kleinbauern und Fischers und der Tochter des reichsten Gutsherren ist in der festen Ordnung Farös nicht vorgesehen. Was aber hat das Schicksal den beiden bestimmt: eine Liebe bis in den eisigen Tod – oder die Rettung, die sie unweigerlich wieder trennen wird?

Eine Erzählung, die eine ferne Welt naherückt, als das Leben mühsam der Natur abgerungen wurde, als Träume noch Vorboten des Schicksals waren. Mats Wahls Roman ist eine versierte Verführung.

DIE ZEIT

In gleicher Ausstattung liegt vor:

Hannele Huovi
Wladimirs Buch
256 Seiten
ISBN 3-446-17327-7

»So kam mir der Gedanke, mein Sohn, Dir die Geschichte meines Lebens aufzuschreiben, denn ich ahne, daß Du kaum etwas davon weißt. Wolltest Du aber die Archive und Geschichtsbücher zu Rate ziehen, so würdest Du die Wahrheit nicht finden. Meine Schreiber haben viele Lügen verbreitet.«

Dieses Buch erzählt die wunderbare Geschichte des Fürsten Wladimir, der es, aus den Wäldern kommend, zum engsten Vertrauten des Zaren bringt. Es ist Abenteuer- und Märchenroman in einem, der seltene Fall eines Buches, in dem sich Spannung und Poesie die Waage halten.
»Wladimirs Buch« wurde in Finnland mit zwei wichtigen Literaturpreisen ausgezeichnet: dem Anni-Swan-Preis, benannt nach der großen Märchenerzählerin des Landes, und dem Finnischen Staatspreis.

In gleicher Ausstattung liegt vor:

Daniella Carmi
Samir und Jonathan
192 Seiten
ISBN 3-446-18198-9

»Am Ufer des blauen Sees, den wir angelegt haben, stehe ich mit Jonathan, meinem Freund aus dem Krankenhaus der Juden, und wir schaffen uns eine neue Welt. Ohne Sorgen. Nichts mehr erscheint unmöglich, jetzt, wo wir zusammen sind.«

Die Geschichte einer Freundschaft zwischen dem arabischen Jungen Samir und dem israelischen Jungen Jonathan, erzählt mit der Hoffnung auf Frieden, ohne die Schmerzen der Menschen in dem langen israelisch-arabischen Konflikt zu beschönigen.

Von der ZEIT und Radio Bremen ausgezeichnet mit dem »Luchs«.